θ《シータ》は遊んでくれたよ

森 博嗣

KODANSHA NOVELS
講談社ノベルス

カバーデザイン＝坂野公一（welle《ヴェレ》 design《デザイン》）
フォントディレクション＝紺野慎一（凸版印刷）
ブックデザイン＝熊谷博人・釜津典之

目次

プロローグ――――11
第１章　共通する項目に関する予測的展開について―30
第２章　残留を許す信号ならびにその示唆について―66
第３章　関連を模索する解決手法の妥当性について―107
第４章　引き続き顕示される手法の特殊性について―161
第５章　推し量るべき真相の把握と評価について―224
エピローグ――――291

Another playmate θ
by
MORI Hiroshi
2005

登場人物

早川《はやかわ》　聡史《さとし》……フリータ
木村《きむら》　ちあき……看護師
高島《たかしま》　健之《たけゆき》……現場監督
田中《たなか》　智美《ともみ》……元非常勤事務員
早川《はやかわ》　亜由子《あゆこ》……聡史の姉
舟元《ふなもと》　繁樹《しげき》……フリータ
赤柳《あかやなぎ》　初朗《はつろう》……探偵
反町《そりまち》　愛《あい》……研修医
飯場《いいば》　豊昭《とよあき》……研修医
郡司《ぐんじ》　嘉治《よしはる》……N大学医学部教授
郡司《ぐんじ》　美紗子《みさこ》……郡司の娘

加部谷《かべや》　恵美《めぐみ》……C大学２年生
海月《くらげ》　及介《きゅうすけ》……C大学２年生
山吹《やまぶき》　早月《さつき》……C大学大学院M１
西之園《にしのその》　萌絵《もえ》……N大学大学院D２
国枝《くにえだ》　桃子《ももこ》……C大学助教授
犀川《さいかわ》　創平《そうへい》……N大学助教授

近藤《こんどう》……愛知県警刑事

　その実例とは、すなわち千八百余年前カルヴァリ丘上に起こった事件である。その生涯と談話とを目撃した人々の記憶に、非常な道徳的偉大さを深く印象して、その後の十八世紀の間全能者の権化として崇められて来たほどの人物が恥ずべき死を与えられたのであるが、それはいかなる罪人としてであったろうか？　それは、瀆神者としてであった。人々は、彼らの恩人を、単に誤解したというだけには止まらなかった。事実上の彼がそうであったとは正反対なものと誤解し、最大の不敬漢として取り扱った。

(ON LIBERTY ／ John Stuart Mill)

プロローグ

社会のより力弱い成員たちが無数の兀鷹《はげたか》の餌食となることを防ぐためには、他のすべての猛禽を圧伏することを任務とするところの、他のすべての猛禽よりもさらに獰猛な猛禽が存在しなければならなかった。

「事件」と呼ぶには相応《ふさわ》しくない始まりだった。

早川聡史《はやかわさとし》は、二十五歳になる誕生日に死亡した。新しいマンションに数ヵ月まえに引っ越したところだったが、部屋の中にはまだ開けられていない段ボール箱が積まれていた。彼の部屋は最上階の八階だった。

マンションの南側の一段低くなっている駐車場で彼は発見された。アスファルトの上に倒れ、赤い綺麗な血液が側溝まで流れていた。位置的には、彼の部屋のベランダのほぼ真下。早朝六時半のことだった。一階の住人の数名が大きなもの音を聞いている。そのうちの一人が念のためにベランダへ出て外を確かめ、彼を見つけた。発見された直後、早川はまだ生きていたが、救急車で病院へ運ばれ、数時間後に死亡した。

遺書などはなかったものの、自殺だろうとの判断が順当に思われた。ベランダへ出るガラス戸が開いたままになっていたし、ベランダには、早川が履いていたと思われるスリッパがきちんと揃って残されていた。さらに重要な要因として、部屋には荒らされた様子、争った形跡がまったく見出せない、玄関の鍵は内側からロックされていて、もちろん室内には誰もいなかった、という状況もある。

しかし、多少奇妙な部分がなかったわけでもない。担当した捜査官たちは一様に首を傾げ、お互いに短く眼差《まなざ》しを交わした。だが、この程度の引っかかりは、どこにでもあるものだ。その場だけで首を捻《ひね》るか、口を斜めに歪《ゆが》ませるか、「なにかの呪《まじな》いか」といった短い台詞《せりふ》でお茶を濁すか、せいぜいがその程度のことである。

不思議な点の一つは、ベランダまで電気のコードが引き伸ばされていたことだった。これは、コンセントに差し込む延長コードを途中で切断したもので、わざわざビニルを剝《む》き取り導線が露《あら》わにされていた。一端は部屋の中のコンセントに差し込まれていたので、この剝き出しになった部分を両方同時に触れれば、百ボルトの電圧がかかる。感電する危険な状態といえる。彼は飛び降りるまえに、感電による自殺を図ったものと想像されるが、それが思いどおりにいかなかったためか、そのままベランダの柵を乗り越え、飛び降りたのではないか。それが現場の担当者たちが行き着いた結論であった。

もう一点は、早川聡史の額に、口紅らしいもので赤いマークが書かれていたことである。ちなみに、口紅は彼の部屋の中では見つかっていない。前髪に隠れていたため、額の赤い文字に、最初は誰も気づかなかった。

額のほぼ中央に、もう一つ目が描かれていた。否、目かどうかは定かではない。目にしては向きが九十度異なっていた。縦に長い楕円形と、その中央に横棒が一本だけ。

のちに、これはギリシャ文字のθ《シータ》ではないか、という結論になるのであるが、早い段階に推測された幾つかの可能性の中にも、それは既にあった。

＊

その半月ほどのち、木村《きむら》ちあきが、二十三歳になる誕生日の一週間まえに死亡した。彼女の場合は、勤務先の病院の屋上から飛び降りた、と推定されている。発見されたのは深夜二時頃だった。もの音を聞きつけた職員の一人が倒れている彼女を見つけ、大騒ぎになった。

木村ちあきは看護師である。前日の夕方まで勤務し、一度は病院に隣接する寮に戻っていた。夕食をともにした同僚も、特に変わった様子はなかったと話している。また職場でも、彼女に自殺する理由があるとは考えられない、との意見ばかりが聞かれた。遺書なども発見されていない。

寮の建物は三階建てであり、飛び降り自殺をするには高さが不足している。わざわざ病院の建物へ行き、しかも屋上へ出る鍵を事務室から持ち出した。屋上の周辺にも争った跡はまったくなく、また、靴なども残っていない。

司法解剖時に一点だけ、不可思議な点が見つかった。

彼女の右手、その手のひらに、赤い口紅のようなもので記号らしきものが書かれていたのである。人差し指を上にしたとき、それはギリシャ文字のθに似た形だった。

＊

この二件については、いずれも犯罪の可能性があった。したがって、愛知県警捜査一課の刑事が捜査に当たった。早川聡史のときも、木村ちあきのときも、近藤《こんどう》刑事が二時間ほど現場に出向いている。その後も、各方面からの情報を聞き、検査の結果も待ったうえで、彼は報告書の下書きをした。いずれの場合も、解剖の結果には不審な点もなく、事故あるいは自殺として処理されつつある。ただ、θの文字が共通している点だけが、ぼんやりとした圧力で近藤を悩ませた。

写真を見比べると、筆跡は違うように見える。しかし、色は似ている。筆記具は同じかもしれない。もちろん、人体に直接書いたものであり、同じ人間が同じものを使って書いても、この程度の差は生じるかもしれない。明確な判断はできないだろう。

もしかして、他にも同様な事例があるのではないか、という発想も持った。なかには、警察の捜査がほとんどされなかったものがあるかもしれない。そういう例は多い。けれど、じっと眺めているうちに、少し馬鹿馬鹿しくもなった。もし、他に同じ例があっても、この程度のものが問題になることも少ないのではないか。つまり、不思議ではあるけれど、犯人糾明といった目的がなければ、無視されてしまうのにちがいない。

最初に思いついたのは、この記号が世間で流行しているのではないか、という方向だった。たとえば、人気スターの誰かが、このマークを使っているとか……。そういったメジャなものであれば、たまたま自殺した二人が、共通のスターを崇拝していてもおかしくはない、と近藤は考えた。ところが、身近の誰に尋ねても、インターネットであれこれ検索してみても、該当する情報にはぶつからない。マークなので検索がしにくい、ということもあったが、少なくとも広く誰もが知っているものではなさそうだった。

一応、先輩の鵜飼《うかい》に相談をすることにしたものの、案の定、鼻から短い息を吐き出すだけのリアクションしか得られなかった。そんな小さなことを気にしていたら、この商売はやっていけない、とでも言いたそうだった。事実、近藤も、そのとおりだと思う。たまたま近くにいた三浦《みうら》主任も二人の話を聞いていたので、近藤は、それとなく三浦の顔色も窺っていたのだが、メガネの中の鋭い視線はすぐに書類に落とされ、二度とこちらへ向くことはなかった。

そういうわけで、θの記号については、埋もれてしまう書類のように、しばらくの間忘れ去られていた。

*

一ヵ月ほど経った頃、近藤は、N大学で開催された犯罪心理学のシンポジウムに出席した。正確には、シンポジウムと同時に企画された講演会を聴講するためだった。もっと正確に言うならば、その講演会で配付される研究委員会の資料を入手することが主目的である。こういった仕事は、事件がなく、いわゆる暇なときに限られるものであって、文字どおり「悪くない」状況といえるだろう。

講演会が始まる時間に五分ほど遅れて到着し、受付で目的の資料を手にしたのち、会場の一番後ろのシートに座り、すぐに寝入ってしまった。暖房がよく利いた暖かい部屋、そして適度な弾力のシートだった。実に悪くない。

一時間後の休憩時間のときには、トイレを出たあと外で煙草を吸うことにした。だが、周囲の景色を眺めているうちに、なんとなくそのまま階段を下り、会場から離れてしまった。どうせ会場にいたところで聴いてはいない、頭には入らないのだから時間の無駄である。無駄に時間を過ごすくらいならば、他にすることがあるのではないか……、といった、彼にしては迅速で適切な判断だった。

N大へ来るのは久しぶりのことである。工事中の大きな建物がメインストリートの向こう側に見えた。タクシーを拾っても良いところだったが、時間には余裕があるので地下鉄の駅までのんびり歩いていくか、と考えているうちに、見知った古い建物の前を通りかかった。

ああ、ここは以前に何度か来たことがあるな、と懐かしく思い出していると、その一階のガラスドアを開けて、コートを着たメガネの男が一人現れた。灰色のマフラに顔の三分の一を埋めている。リュックのようなバッグを片方の肩にかけていた。なんという偶然！

「こんにちは、犀川《さいかわ》先生」急いで近づいていき、近藤は頭を下げた。「どうもどうも、お久しぶりですねぇ」

「お久しぶり？」犀川は横目でこちらを見る。「三ヵ月まえに会いましたよ」

「あの、どちらへ？」

「市役所まで」

「市役所で……、何ですか？」

「うーん、何だったかな。まあ、行けば、思い出すでしょう」

「委員会ですか？」

「そんなところです。近藤さんは、どうしてここに？」

「いえ、ちょっと、その、野暮《やぼ》用でして……」市役所といえば、県警本部と近い。

「あ、僕も、本部へ戻るところですけど、タクシーを拾いましょうか？　先生、一緒にいかがですか？」

「いえ、地下鉄で行った方が時間が正確ですから」

既に、メインストリートの歩道に出て、二人は駅の方角へ向かっている。近藤は犀川と並んで歩いたが、今までの歩調に比べるとかなり速いテンポになっていた。いうまでもなく、犀川の歩き方が速いのだ。

「お忙しいですか？」歩きながら尋ねる。

「いえ、今は歩いているだけです」

「歩きながらも、いろいろ考えていらっしゃるんじゃありませんか？」

「そんなことは滅多《めった》にないですね、とも言えないかな……。うん、考えますね。でも、仕事のことではなく、もっと、どうでも良いことが多い」

「今は、何を考えていたんですか？」

「電子レンジのテーブルを、いつも同じ位置で止める最も簡単な機構について」犀川はこちらをちらりと見て即答する。

「電子レンジ……、ですか？」

「簡単なことなのに、どうしてやらないんでしょうね。止まったときに、コーヒーカップの取っ手が、あっちを向いていたりするでしょう？　あれは不便だ」

「ああ……、ええ、なるほど……。そうですねぇ。だけど、コーヒーカップを電子レンジに入れる、ということが、その、普通あまりないんじゃないですか？」

「そうかな。僕は、入れるのは、ほとんどコーヒーカップだけど」

「ああ、そうですか……。西之園《にしのその》さんには、それ、お話しになりました？」

「いや」犀川は短く首をふった。「どうして？」

「あ、いえ……」どういうわけか、近藤は痙攣《けいれん》するように首をふっていた。

信号待ちになったため、二人は立ち止まる。近藤は隣の犀川の横顔を見た。真っ直ぐに前を向いたまま。表情に変化はない。両手をポケットに突っ込み、口はマフラに隠れている。周囲には学生らしい若者が数人集まり始めていた。スーツにネクタイをしているのは自分だけだ。なにか話すことはないか、と近藤はひたすら考える。なにも話をせずに歩くと、ますます寒い。適当な場つなぎはないものか……。

信号が変わって、また歩き始めた。

「あのぉ、先生、そういえばですね、ちょっと不思議なことがありまして……」近藤はようやく思いついた。本当にたった今、頭に浮かび上がったものだが、実に相応しい話題に思えた。「ギリシャ文字のθってありますよね」

「ええ」

「わかりますか？　シータですよ」

「ええ」

「えっと、あれって、普通なんですか？」

「普通、というと？」

「限られた分野でしか使わない特殊な記号なんじゃありませんか？」

「うーん、分野とは普通限られていますね」

「そのぉ、僕なんかは全然使いませんけど、先生とかは、ご専門なんでしょう？」

「何のです？」

「うーん、えっとですね……」近藤は顔をしかめた。どうも自分で言っておいて意味がよくわからない。「とにかくですね、その……」声を落とすため、彼は犀川に近づいた。「θの一文字を、顔や手に書いてから死んだ、という自殺者が二名いまして、これが、その、両者に、これといったつながりがないものですから、いささか悩んでいまして……」

本当はいささか悩んでなどいなかったが、言葉の弾《はず》みである。いささか、という意味も正確にわからない。

「誰が、顔や手にそれを書いたんです？」

「いいえ、それは、わかりませんよ。まあたぶん、本人じゃないかってことにはなってますけど……」

とにかく、歩きながら簡単に事情を説明した。一人めは男性で、マンションの自分の部屋から飛び降りたらしい。二人めは女性で、勤務先の病院の屋上から。男性の方は額に、女性の方は手のひらに、θが書かれていた。いずれも口紅らしいものが使われている点でも共通している。争った跡はどこにもなく、事件性は今のところは否定されているため、その後の捜査はほとんど行われていない。そんな内容だった。

犀川は返事をしない。声は届いていると予想されるが、反応はなかった。

「どうでしょう？　なんか、先生、思い当たることとかありませんか？」

「全然」首もふらずに、犀川は一言。

「θという字に、なにか特別な意味があるとか、そういうのはないですか？」

「さあ……」犀川は簡単に返事をした。こちらを見ようともしない。

「うーん、やっぱり駄目ですか」

「どうして、θなんです？」

「え？」

「他の文字かもしれない」

「あ、ええ、そうそうそう」近藤は頷《うなず》いた。「もちろん、そうですよ。こちらも断定はしていません。だけど、他にちょっとないですよね」

「ゼロとか」

「ゼロ？　ゼロって、数字の？」

「ええ」

「数字のゼロだったら」近藤は指で宙に丸を描く。「ただの、丸だけでしょう？」

「いえ、プログラムをしている連中は、真ん中に棒を書きますよ」

「え、そうなんですか？」

「英語のOと区別するためですね」

「へぇ……、あ、なるほど」

「亡くなった方は、エンジニアですか？」

「えっと、いえ、フリータと、看護婦さんです」

「理系のフリータ？」

「いいえ、えっと違います。バイトは引越屋だったかな。学部は、確か文系ですね」

「じゃあ、可能性は低い」

「でも、ゼロっていうのは新しいですね。なるほどなるほど」

「二人に共通しないと意味がない」

「そうなんです。まあでも、そもそも二人には、なんの関連もありませんから、たまたま、なにかの偶然ってことだとは思いますけどねぇ」

「偶然ではないでしょう」犀川はこちらを向いた。「どこかで、その二人に共通点があったはずです」

「そういうもんですか」

「ただ……、自殺した理由を調べても、特に得られるものがあるとも思えませんが」

「ええ……、でも、その、万が一ですけどね、事件性があるとしたら、えらいことになるわけですよ」

「自殺ではない、という意味ですか?」

「そうです」

「その可能性があると?」

「うーん、まあ、難しいところですね。はっきりとはわかりません。少なくとも、そのθのマークにさえ目を瞑《つぶ》れば、なにも不自然な部分はありませんからね」

「だったら、しかたがない」犀川はまた前を向いた。「でも、男性なのに口紅っていうのは、ちょっと妙ですね。既婚者ですか？」

「そうそう。いえ、独身です。そうなんですよ。口紅自体も見つかっていませんからね。自殺なのに、その点は多少変ではあります」

「鏡を見て書かれたものですか？」

「は？」

「本人が鏡を見て、自分の額に書いたものか、という意味です」

「いや……、どうかな。えっと、そんなこと、わからないんじゃあ……」

「見ないでは、なかなかかけませんよ、単なる丸だけでも、自分の額に」

「あ！　そうか……。鏡を見て書いたら、裏返しになりますね」

「θは左右対称形だから、裏返しになっても同じ。書き順は違いますね」

「書き順？」

「丸を書いたとき、起点がどこで、どちらへ回って書かれたか。まん中の棒は、どちらからどちらへ引かれたか」

「あ、なるほど」

「写真を拡大して、もう一度調べられては？」

「あそうか、そうですね」近藤は頷いた。歩いているせいか、少し躰が温まってきた。

「うん、そうかそうか。なるほどねえ、その手がありましたか」

「いえ、おそらく確定はできないと思いますよ。それに、たとえ書いたのが本人でないとわかったところで、違う結論が直接的に導けるわけでもない」犀川は独り言のように呟《つぶや》いた。ずいぶん、さきのことを見通しているような口振りである。

近藤の頭の中で、本人でない、違う結論、直接的、というワードが解釈されている間に、二十メートル以上歩いていた。

＊

本部に戻った近藤は、さっそく鑑識課へ直行し、問題の写真を確認した。ついでに、現時点の途中報告を読み直すと、既に筆順については述べられていた。

それによれば、早川聡史の額に書かれたθの文字は、その額に向かって書かれたもの、つまり、他人が彼の顔を正面に見て書いた場合の書き順になっている、とのことだった。具体的には、最後の横棒が、顔に向かって左から右へ引かれていることが、皮膚の組織へ付着した顔料の状態の観察から明らかである、と記されている。しかし、たとえ鏡を見て書いたとしても、自分で自分の顔に文字を書く場合には、この書き順になるのが不自然ではないため、この結果がすなわち他人の手によって文字が書かれたことを意味するわけではない、とも記されていた。

ためしに自分の額に指を当てて文字を書いてみると、確かに裏返しに書くわけではないことがわかった。いつもと同じ向きの文字を同じ順で書く。そもそも、鏡を見て書いたからといって、文字を裏返しにして書くこと自体が滅多にないのではないか。これも、トイレの鏡の前で何度か確かめてみたが、結果はどちらともいえなかった。

近藤はデスクに戻って溜息をつき、ノートパソコンの蓋を開けた。そして、この問題から速やかに離脱することにした。今日のシンポジウムの報告書をでっち上げなければならなかったからである。

＊

その夜、高島健之《たかしまたけゆき》は、仕事先の建設現場の事務所を午後九時半に出た。彼が最後だったので事務所の電気をすべて消し、入口のドアには施錠をした。工事現場に隣接する仮設の建物だが、小さくはない。二階建てで、事務所の他に会議室などが数部屋もある規模のものである。

現場では既に今日の作業は終了していた。ゲートの横の詰所にいるガードマンに鍵を手渡してから、高島は小さな通用門から外へ出た。そして、大通りに面した歩道を歩き始める。風が冷たい。商店などの明るい建物は近くにはなく、ますます寒々しかった。

街灯だけが白っぽく闇に浮かんでいる。彼は、メールを読むためにポケットから携帯電話を取り出した。

小さな画面を見る。メールが届いていた。ほんの少しだけ嬉しくなった。手が冷たいので、すぐには読まずに、携帯を持った手をポケットへそのまま突っ込んだ。二百メートルほど先のバス停まで我慢しよう。バス停のベンチに腰掛けてから、あるいはバスに乗ってから、ゆっくりとメールを読もう、と彼は思った。

*

この夜のうちに高島健之の願いは叶《かな》った。そして、次の日の朝、彼は、勤め先の建設現場で死体となって発見された。

自殺か、あるいは事故か、それとも他殺か。数時間後には警察が捜査を開始した。このため、その日の工事は全面的に中止となった。

朝、現場に最初に駆けつけた刑事は、状況から判断して、自殺の可能性が高い、と直感した。ガードマンの一人が、深夜に事務所へ戻ってきた高島と言葉を交わしている。忘れものを取りにきた、と彼は話して中に入っていったという。そのまま高島は出てこなかった。事務所の照明が灯ったままだったので、残業をしているのだろう、とガードマンは考えたらしい。徹夜の残業は、過去にも幾度かあったため、珍しくはなかった。

昨晩は当該の時刻に、その出入口を通った者は他にいない。人の声やもの音にも気づかなかった、とガードマンたちは供述している。ただし、厳重な柵が張り巡らされていたわけではないので、このゲート以外の場所からの出入りがまったくなかったとは断定できない。ざっと見回ったところ、簡単に乗り越えられそうな箇所が幾つかあったからだ。

死んだ高島は、建設途中の建物の高所から飛び降りたものと推定された。建物の構造は現在地上十階まで完成している。どこから飛び降りたのかは、調査中であり、今のところ特定されていない。建物の外周には、アルミパイプで組まれた足場が設置され、さらにその外側にはパネルやネットで落下防止の対策が施されていた。だが、故意に飛び降りようと思えば、どこからでも可能な状態といえる。

深夜に工事現場を見回る理由はない。暗いとはいえ、その途中で足を踏み外すような可能性も低い、との見方が有力である。すなわち、少なくとも事故という可能性は低いように思われた。

死んだ人間には多少不名誉な表現になるが、ここまではこれといって特異な点もなく、いわゆる普通の出来事だった。しかし、検屍の途中で、それが発見されたのである。

高島健之の右足の裏に、奇妙な文字が書かれていた。

現場で発見されたとき、靴は脱げていたものの、靴下を穿いていたため、その部分は見えない状態だった。靴下を脱がせて初めて、それが見つかったのだ。

右足の裏に、楕円《だえん》形とそのまん中に一本の棒が書かれていた。この一文字である。大きさは五センチ程度で、ギリシャ文字のθに似た形だった。油性の赤いインクが使われている、と最初の報告書には記されていたが、後の検査で、口紅と確定された。

第1章　共通する項目に関する予測的展開について

他人を宗教的にしてやることが人間の義務であるという観念は、過去に犯された一切の宗教的迫害の基礎であった。そして、もしもこの観念が承認されるならば、それは充分に、それらの迫害を正当化するに足るであろう。

1

西之園萌絵《もえ》が、この事件の匂いを嗅《か》ぎつけることができたのは口紅のおかげだった。大学の生協のラウンジで旧友の反町愛《そりまちあい》に久しぶりに会ったとき、偶然その話題になった。

反町は現在、N大病院に勤務している。西之園と同じ大学だが、医学部だけはキャンパスも病院も市内の別の場所であるので、反町がこちらのキャンパスにやってくることは滅多にない。仕事の関係で、理学部のとある研究室へ足を運ぶ用事があった、と反町は説明した。擦《す》れた革ジャンの胸のポケットに銀色のサングラスを差し入れてから、彼女は椅子に腰掛けた。

「理学部？　どうして？」西之園は尋ねる。

「うーん、ようは機械だわさ」

「機械って？」

「分析機を借りてるわけだ」

「医学部にはないの？」

「医学部ってとこはね、そういう無駄なものにお金を回す余裕がないんだな」

「へえ……。なにか研究で？」

「だったらいいんだけど」反町は短い溜息をついて首をふった。「研究は時間外にしかさせてもらえないよ。やっぱ、お給料いただく身って辛《つら》いよのぉ。文句言えないしぃ」

「ラヴちゃん、ちょっと痩《や》せたかも」西之園は顔を数センチ前に出して、まじまじと友人を見つめる。

「お世辞か？」

「お世辞じゃなくて」

「うーん、ま、忙しいからな」反町は頷いた。「ああ、でも、お互いにもう歳なんだし」

「お互いって？　彼のこと？」

「違う。お前だ、お前」

「私？」

「年とらんつもりか？　なんかの一族かよ」

「ねえ、何の分析？」

「は？」

「エックス線回折《かいせつ》でしょう？」

「あ、そうそう、それよそれ。えっとね、口紅だわさ」

「口紅？」

「うわ、まずいわ……。これ、絶対内緒だでね」反町が話そうとしたとき、二人のコーヒーが運ばれてきた。彼女は、煙草を取り出してライタで火をつけた。「もうさ、そっち方面から、撤退したんじゃなかったっけ？」

「え、何のこと？」

「だからさ、事件とか、警察とか、その手のやつだわさ」

「よくわからない」西之園は首を傾げる。「口紅が、その手のものだってこと？」

「うーん、まあな」煙を吐きながら、反町は頷いた。「どうして僕のところへ来たのかって、そこんとこの話は省くけどぉ……、ようはさ、人間の皮膚にだな、ある塗料で文字が書かれていたわけ。で、そのサンプルが三つあってな、そいつの成分同定をしてほしいって依頼されたってところ」

「警察から？」

「他にどこがそんな馬鹿なこと言ってくる？」

「何かな？　もしかして、ラヴちゃんのところ、検屍とか司法解剖とかしているわけ？」

「うちじゃないけどぉ。う～ん、まあでも、かなり近くではあるなぁ」

「ああ、そうなんだ。大変だね」

「大変、とか、お嬢様言ってらんないの」

「嫌いじゃなかった？」

「何が嫌いかって、死んだ人間に触るのがいっちばん嫌い」反町は顔をしかめる。「絶対いや」

「それ、普通だと思うよ」

「僕の周りじゃ普通じゃないわけだ。生きている人間にメスを入れる方がずっと恐いって、みんな言ってる」

「ああ、そうかもね……。大変」

「もう大変！」

「どうしましょう、どうしましょう」

「ラヴちゃんも苦労が多いのね」

「あんたに言われたくないがね」反町は苦笑する。「思うわ、ときどき、なんで医学部なんかに入ったんだろうって」

「考えなしだったからじゃないの？」

「そうです」反町は頷いて、西之園を睨んだ。「直撃？　相変わらずマッハ素直だのぉ。お嬢様、お変わりなくて……」

「ねえねえ、もう少し詳しく教えて」西之園は身を乗り出した。「なんか、久しぶりに面白そうだわ」

「あらら」灰皿で煙草を叩いていた反町が目を丸くする。「ハートに火がついた？」

「表現、間違ってない？　三つの口紅の話、お願い」

「ようするにだな、えっとぉ、三人の無関係な奴らが自殺したわけだ。ところぉが、一人は額に、一人は手のひらに、もう一人は足の裏に、赤いマークが書かれていたんだがね、これが」反町はそこでカップに口をつける。「θってギリシャ文字だったたって」

「シータ？　丸のまん中に、線を引いたθ？」

「そうそう、それだ。あんね、ホント、これオフレコだぞ。僕だって内緒で聞いたんだから。まあ、警察の人もね、なんか話したくてしかたがないって感じだったけど」

「ふうん。で、その赤い文字を書いた塗料を、ラヴちゃんが分析したのね？」

「そゆこと」

「どうだったの？」

「うーん、いいんかなぁ、話して」

「いいのよ」西之園は微笑んだ。

「まあ、あんたにそう言われると、へへいって感じになるがね」反町は白い歯を見せる。「うん、結果は完全に一致。つまり、同じものだってことだ」

「同じものというのは、どういうレベル？　三つとも、口紅だったってこと？　同じメーカの同じ製品だったってこと？　それとも、同じある一つの口紅が使われた、という意味？」

「少なくとも、同じ製品だろう、という程度。特定の一つのものだと断定することは、たぶん難しいと思う」

「どこの製品かもわかったわけ？」

「それはまだ。ああ……、この次は、その仕事が来そうだがや」

「事件性があるとなれば、再調査ってことになるでしょうね」

西之園もカップを手に取った。熱そうなので、まだ飲めないかもしれない。

三つの口紅が同一のものだと判明すれば、あるいは自殺ではない、という可能性も浮上するだろう。自殺に見せかけた殺人、しかも連続殺人？

コーヒーの香りは美味《おい》しそうだったけれど、やはりまだ適温ではなかった。諦《あきら》めてカップを戻し、ふと店の入口の方へ視線を向けると、そこに知った顔があった。

2

加部谷《かべや》恵美《めぐみ》は、海月《くらげ》及介《きゅうすけ》と一緒だった。

大学の授業の一環で、市内の建設現場で見学会が開催された。午前中でそれは終了し、近くだからN大へ寄っていこう、そこで食事をしていこう、という話になったのだ。もちろん、話になった、といっても、海月が提案したわけではなく、まして話し合った結果でもない。加部谷が思いついて一方的に提案し、海月がそれを拒否しなかった、という意味である。つまりは、彼につき合わせた形である。だが、彼と行動をともにする場合、随時「つき合わせている」という感覚が伴う。したがって少なからず後ろめたさにも襲われる。けれど、あまりに襲われどおしなので、もうすっかり慣れてしまった。一言二言の皮肉めいたコメント、あるいは、ほぼ不機嫌に近いデフォルトの表情が、最初のうちはちくちく痛かったものであるが、今ではそれも懐かしい。最近では逆に、寿司の山葵《わさび》くらい不可欠なものに感じられるほどだ。にこにこ笑っている明るい男子を見ると、馬鹿かこいつは、と感じてしまう。不思議である。きっと、海月症候群というのではないだろうか。とにかく、今日などの場合、海月は皮肉一つ言わずについてきたのだから、加部谷としては少し気持ち悪いくらいだった。

生協の食堂で昼食を済ませ、食器を片づけ、外へ出ようとしたところである。喫茶店のような店が食堂の片隅にあって、入口のドアが開け放たれたままだったので店内が見えた。なにげなく一瞬立ち止まって中を覗いたのは、どんな店だろう、という興味からだった。ところが、空いている店内の窓際、奥のテーブルに見慣れた顔を発見した。もともと、N大に来たときから、会えたら良いな、という期待はあったのだ。自分の運の強さを改めて確認する加部谷である。

「わ、わぁ」と小声で言い、両手を広げて前に出す。摑みきれない巨大な二つのダイヤルを回しているジェスチャに近いが、そういう大きな二つのダイヤルを回した経験はもちろんない。「うわ、西之園さんだぁ」振り返って、後ろに突っ立っている海月を見上げた。「ほら、ほらぁ」

表情を変えずに海月は彼女を睨み返した。黙っているけれど、でも絶対に西之園さんに会えて彼も嬉しいにちがいない、と加部谷は勝手に想像する。この無口な男は、ときどき西之園さんのことを突然話題にすることがあった。今までに二回だ。少なからず関心がある証拠といえる。だがしかし、西之園萌絵という人物にまったく関心を示さない男性なんているだろうか？　ということは、海月君って、案外普通の男の子なのね、と加部谷は考える。それを考えただけで笑えてくる。油田を掘り当てたみたいな、込み上げる笑いである。

笑いを嚙みしめながら店の中へ入っていった。テーブルの向こう側で西之園が微笑んでいる。油田の含み笑いではなく、加部谷が是非とも身につけたいと願っている微笑はこれだ。

目が合ったときから、西之園の方も気がついていた。テーブルの手前の席には、加部谷の知らない女性が座っている。茶色の短い髪で丸い顔。煙草を吸っていた。

「恵美ちゃんたち、どうしたの？　二人でN大に用事？」西之園がきいた。

「えっとですね、現場見学で近くへ来たので寄ったんですよ。こんにちは」

「お友達の加部谷さん」西之園が片手を綺麗な形で持ち上げて紹介してくれた。

「お友達の加部谷です」頭を下げる。

「こちら、お友達の反町さん」

「どうも……。お友達の反町です」煙を吐きながらその女性が言った。「若そうだね。大学生？」

「そうなんです、大学生なんですけど、でもぉ……」加部谷は頭に片手をのせる。「まだまだ、大きくなるつもりです」

「コーヒーでも飲む?」西之園がきいた「時間は良いの?」

「はい、もうばっちりです」

「先輩の奢《おご》りだから」西之園が立ち上がって言う。「海月君、こっちへいらっしゃい」

主人に呼ばれた犬のような素直さで、入口の外に立っていた海月及介が店の中に入ってきた。たしかに、強情か素直か、といえば、彼は普段から行動は素直である。

西之園が反町の隣に席を移動したので、加部谷は海月と並んで座ることになった。西之園の計らいがどういう意味なのか不明だし、どちらかというと、西之園の隣に座りたかった、と加部谷は考える。

海月のことも西之園が紹介をした。彼は反町に無言で頭を下げた。

「C大かぁ、行ったことないがね」反町は煙草を灰皿で揉み消した。「遠くから見えるでね、あそこに大学があるっちゅうことは知っとったけどさ」

「ラヴちゃんはね」西之園がにこにこと笑いながら話す。「医学部なんだけれど、今ね、凄く面白い話を聞いたわよ。あのね、自殺した人の……」

「こらこらこら」反町が隣の西之園の肩を叩いた。

「何?」

「駄目じゃん、そんな軽はずみに話したらぁ」

「どうして？　そんな特別な情報？」

「そりゃ、そうだがね、当ったり前じゃん」反町は口を尖らせる。

「うーん、そうかなあ。私には教えてくれたわけだから」

「あんたは特別だわさ。普通じゃないもん」

「あ、でもね、この子たちも、普通じゃないの」

「え？」顔をしかめて反町は、加部谷の方を見つめる。「なんで？　もしかして、萌絵のお弟子さんとか？」

「はい」加部谷は頷いた。「何の話かわかりませんけれど、私、口は堅いです。それに、この海月君にいたっては、もう超硬度ですよ」

「チョーコー度？　なんだそれ」

「えっと、とにかくね」西之園が話す。「これ、フィクションなんだけれど……」

「よう言うわぁ」隣で反町が椅子の背にもたれかかって天井を仰ぎ見た。

「三人の人が自殺をしたの。お互いに全然関係のない三人がだよ。それなのに、その人たちの体に同じ赤い文字が書かれていたわけ。その文字っていうのは……」西之園は、テーブルの上で指を動かした。「ゼロを書いて、真ん中に一本……」

「シータですか？」加部谷はきいた。

「お、凄いな」反町が口を斜めにする。「もう学校で習った？」

「小学生じゃありませんから」加部谷は上目遣《うわめづか》いに反町を見返す。

「いやいや、そういう意味じゃないってば」反町は笑って片手を広げる。「面白い子やのぉ、君」

反町はかなり明るい性格のようだ。理系では珍しいタイプではないだろうか。やはり医学部ともなると違うな、と加部谷は再認識した。

視線を西之園に戻したが、話はそれ以上に続かなかった。

「それで、終わりですか？」加部谷は大袈裟《おおげさ》に首を傾けて見せた。首の骨が鳴ったかもしれない。慣れないことをすると危険だ。

「私も、たった今聞いたばかりだから」西之園はそう言って、隣の反町へ瞳を向ける。

「何だよ」反町はその視線を受け止め、顎《あご》を引いた。「僕だって知らないよ、それ以上のことは。とにかく、三人に使われた口紅が同じ種類のものだった、ということ、それだけ」

「口紅だったんですか？」加部谷はきいた。

「え？」反町がびっくりした顔をする。「あれ？」

「言ったよねぇ」西之園が反町に指をさし、加部谷を見る。

「自殺したのは、男性ですか？　女性ですか？」

「両方」西之園が簡単に答えた。

「だとすると、口紅っていうのが、そもそも変ですね。本当に自殺なんですか？」加部谷はそこまで言って、反町、西之園の顔を交互に見る。二人が黙っているので、隣の席の海月を久しぶりに観察した。注文したコーヒーが来るのを待っているのだろうか、彼は喫茶店の奥のカウンタの方へ顔を向けていた。どんな表情なのかわからない。でも、きっといつもの顔にきまっている。ウルトラマンくらい変化に乏《とぼ》しい顔なのだから。

「なにかのお呪《まじな》いでしょうか？」加部谷はとりあえず考えたことを言ってみる。「天国へ気持ち良く旅立つためのお呪いで、世間で流行《はや》っているとか」

「そんな話ある？」反町が尋ねた。

「いえ、全然」ぶるぶると首をふって加部谷は答える。「でも、それくらいしか考えつきませんねぇ。もう少し、状況を詳しく把握しないと、なんともいえませんけれど」

「うん、面白い」反町は真面目な顔で頷いた。

「え、何がですか？」

「君が面白い」反町はそういうと、目を三日月形にして微笑んだ。

「面白いでしょう？」西之園が目を丸くして、反町に同意を求めている。

加部谷は、あまり面白くなかった。もう一度、隣の海月を観察。そこへちょうど二人分の飲みものが運ばれてきた。海月はコーヒー、加部谷はココアである。

「あの、もしかして、実は殺されていた、とかじゃないですか?」加部谷は気を取り直して言ってみる。

「その場合、赤い文字の意味は?」西之園がきき返す。

なんとなく試されているような気がしたので、息を止めて、数秒間考えた。だが、最初に思いついたものしか頭には思い浮かばなかった。

「それはやっぱり、犯人のサインですよ」

「サインね」眉を僅《わず》かに上げる西之園。口を少しだけ歪めて、意味ありげに頷いた。そんなことしか考えられないの、みたいな顔に見えた。そんなことじゃあ、私たちの仲間には入れないわよ、と言われている感じに近い。

「なんで、サインなんか残さないかんわけ?」反町が尋ねた。

「自己主張ですよ」加部谷は慎重に答える。「自分がやったということを、世間に認めてもらいたい心理です」

「でも、だったら、自殺に見せかける?」西之園が言った。

「最初は自殺だと思わせておいて、それが回が重なるうちに、だんだんと明るみに出てくる、というシナリオなんですね」加部谷は話した。

「シナリオって」反町がくすっと吹き出す。「いるんだな、ホントに、使う奴が」

「可笑《おか》しいですか?」加部谷は顎を上げる。

「あ、悪い悪い」反町はまた片手を広げ、頭を下げた。「いやいや、失敬失敬。口が悪いんだ、僕がね」

「そうなの」うんうんと頷く西之園。「まあでも、それくらいの不思議って、世の中にいっぱいあるんじゃないかしら」

「何を言っとるの？　君は」反町が眉を顰《ひそ》める。

「ん？　つまりね」西之園は大きな瞳を上へ向ける。「そう、同じなのか、それともまたま別々の意味だったのか、どちらかわからないけれど、でも、自殺しちゃった人が戻ってくるわけじゃなし……」

「あらら、大人になったじゃん」反町が口を開けたまま顔を揺すった。

「もうすぐ、おばさんになりますよね」加部谷は小声で言った。

「え？」目だけをこちらへ向ける西之園。

「いえ、えっと……」加部谷は顔を下に向け、西之園から飛び込んでくるビームのような視線をかわした。ココアのカップを手に取り、顔を上げないようにして飲む。危ない発言だった、と反省。早くフォローしなくては……。彼女はそっと隣を窺う。「海月君、なんか意見はないの？」

「さっきの現場でも、自殺が」海月が呟いた。

「あ、そうそう、そうだそうだ」加部谷は思い出した。カップを置いて顔を上げる。

「そうなんですよ。現場監督だった人が、一週間まえに自殺しちゃったんです。もともと、現場見学は先週のはずだったんですけど、それが今週に延期になったんですよ、その自殺のせいで……。国枝《くにえだ》先生が詳しいことをご存じですよ。確か、えっと、その亡くなった人と、大学で同期だったたっておっしゃってましたから」

「あ、国枝先生も一緒だったの?」西之園が尋ねる。

「そうです。国枝先生の授業の一環で、私たち行ってきたんですから」

「それじゃあ、国枝先生も、今こちらかしら?」西之園がまた目を天井へ向けた。

加部谷もつられて天井を見た。スズランの化け物みたいなライトがテーブルの上にぶら下がっているだけだった。

3

犀川助教授の部屋に山吹早月《やまぶきさつき》はいる。木製の書棚の前にソファが一つだけ置かれていて、そこに座っていた。床のピータイルが一枚剝がれてずれている。それが気になった。それくらい彼は緊張していた。N大の犀川助教授のことは以前からもちろんよく知っていたが、こうして本人の部屋に入るのも、近距離で直接話をするのも初めてのことだった。しかも、同じソファのすぐ隣には、国枝桃子《ももこ》助教授が座っているのだ。こちらのプレッシャも馬鹿にならない。毎日顔を合わせている指導教員とはいえ、国枝とのこのような接近度はかつてないシチュエーションといえる。山吹はC大の大学院生。国枝は今はC大の助教授だが、それ以前は、このN大で犀川助教授の研究室の助手を務めていたらしい。

さて、どうして山吹と国枝がこの場所にいるのかといえば、それは、山吹が書いた論文を犀川に見てもらう、という目的のためである。山吹としては、審査が最も厳しい学会誌への初めての投稿だった。本当のことをいえば、そんなに大したことではないだろう、とついさきほどまで彼は考えていた。しかし、この部屋で、この重苦しい沈黙の中で、その認識は改まりつつあった。既にこの部屋へ来てから二十分以上が経過している。国枝はいつもの調子で鉛のように押し黙っているし、もちろん山吹だってぺらぺらと話をするわけにもいかず、じっと我慢して座っているのだ。窓際のデスクで、犀川助教授は山吹の論文を読んでいる。それを待っているところだった。なにも動いていない。呼吸をする音も聞こえない。ときどき、犀川が座っている椅子のスプリングが軋《きし》む音だけが小さく鳴っていた。

国枝は、今日、那古野《なごの》市内の建設現場へ学生を引率して見学にいってきたところである。引率といっても、現地集合、現地解散なので、物理的に連れて歩いた距離は現場の敷地内だけだったはず。かなり大規模な病院建築で、できれば山吹も同行したかったのであるが、この日に犀川のアポを取ったため、ぎりぎりまで論文の仕上げに手こずってしまい、それどころではなかった。

犀川助教授がすっと立ち上がり、こちらへ戻ってきた。山吹は姿勢を正す。国枝はまったく動かない。

犀川は論文を国枝に手渡し、向かい側にある肘掛け椅子に腰掛けると、脚を組んだ。そのときに、履いていたサンダルの片方が落ちたが、そのまま気にもとめない様子である。

国枝が読んでいる論文を山吹は横から覗き見た。何ヵ所か赤い文字があった。ラインも書き込まれている。

結果はどうだろう。山吹は犀川を見つめた。どう切り出せば良いのか。いかがでしょうか、と尋ねれば良いのか。

「まあ、いけるんじゃない」犀川が口にした。いける、の意味がなかなか頭に入らなかったが、OKということだろうか。

「中盤で少々論旨が甘くないですか?」国枝が顔を上げずに言った。

「うん。でも、筋はぎりぎり通っている」犀川は無表情だ。「だいたい、新しいものっていうのは、最初はぎりぎりだよ」

国枝が見終わった論文を山吹に手渡した。さっそく紙面に焦点を合わせて、山吹はそれを確認する。まず、タイトルが直されていた。つぎに、連名者のうち、犀川創平《そうへい》の四文字が消されている。

「あ……、これは」山吹は思わず顔を上げた。

「ん？　何？」

「あ、あの。連名になっていただけない、ということでしょうか？」彼は質問した。

「ああ、そう」犀川は簡単に頷く。

「やっぱり、駄目ですか……、レベルが低いということですね」山吹は視線を落とし、顔をしかめ、溜息をついた。

「いや、違うよ」犀川の声が少し笑った。しかし、慌てて視線を戻し、顔を見たときにはまったく変化がなかった。「レベルは低くない。心配しているのは、それが審査員にちゃんと理解されるか、という点だ。発想の根拠となっている事例が非常にマイナなものだけに、データから抽出したものの客観性も議論になるだろう。うん、しかし、悪くない。連名にならないのは、僕が指導をしたわけじゃないからだよ」

「いえ、何度か、私が指導を受けました」横の国枝が言った。

「覚えがないね」犀川は首をふった。「もういい加減に、独立したら？　だけど、こうやって論文を見せてもらうことは、けっこう楽しみだから、今後もいつでも見るよ」

ドアがノックされた。

「はーい」犀川が、そちらを見て返事をしたが、そのまえにドアが開いた。

「おじゃま……、あ！」勢い良く西之園萌絵が入ってきた。彼女は山吹と国枝を見て停止。大きな瞳がますます大きくなる。「どうもごめんなさい。お取り込み中でした？」

「もう終わったとこ」犀川は立ち上がり、デスクへ歩いていく。

「あ、そうかぁ、山吹君、論文を持ってきたのね」西之園が彼を見て言った。「どうして私を誘ってくれなかったのかしら？」

「あ、いえ、別に、その……」山吹は困る。西之園も論文の連名者の一人だったが、既に彼女は全文チェック済みである。

「ちょっと、見せて」西之園は、今まで犀川が座っていた位置に腰掛け、山吹に手を伸ばした。

論文を手渡すと、西之園は一転して難しい表情になり、それを読み始めた。デスクを見ると、犀川は煙草に火をつけ窓際に立って外を眺めていた。

「あぁ、そうか、なるほどねぇ」西之園がうんうんと頷いている。

山吹は落ち着かない。盗み見るようにそっとまた隣の国枝を窺うと、逆にメガネの奥から睨み返された。

「あ、そうだ。ちょうど良かった」西之園は、論文をテーブルの上に置き、膝の上に両手をのせて座り直した。「国枝先生、今日行かれた現場で自殺した人、お知り合いなん様子だった。

ですって？」

「え？」国枝の片手が持ち上がり、メガネへ行く。僅かな変化であるが、かなり驚いた

「自殺？　誰が？」窓際の犀川がきいた。

「私と同期だった高島です」国枝が犀川に向けて答える。「S建設の技研におりました

が、半年ほどまえに那古野の現場に出てきていました」

「ああ、名前は知っている」犀川が煙を吐きながら頷いた。

「今日、その現場へ見学にいってきたのですが、本当は、彼に案内してもらう予定だっ

たのです」国枝が話した。「先週、突然亡くなったという連絡がありました」

「なにか、お聞きになっていませんか？」西之園がきく。

「何を？」国枝がきき返す。

「本当に自殺だったのか、というようなことです」

「いいえ、全然」

「最近、その方にお会いになりました？」

「メールのやり取りをしただけ」

「いつ頃が最後ですか？」

「亡くなる前日」

「へぇ、じゃあ、びっくりされたでしょう?」西之園が目を丸くしたまま人形のように小首を傾げる。

「うん、まあね」国枝が頷いた。「しかし、珍しいことでもないし」

「え?」西之園が瞬いた。

「自殺なんて、珍しくない、という意味」

「ああ……」西之園が頷く。

そうなのか、と山吹は意外に思った。充分に珍しいのではないか、と感じたからだ。しかし、国枝の周囲では珍しくないのかもしれない。そもそも、国枝にとっては、なにものも珍しくない、ということもありえる。

「どんなふうに亡くなったのか、とか、なにか不審な点はなかったか、とか、お聞きになっていませんか?」西之園の質問が続く。

「どうしたの? 話が見えないけれど」国枝は無表情でまたメガネを指で押し上げる。

「なにも聞いていない。お葬式には行ったけれど。全然なにも。噂もない」

「そうですか……」西之園が目を細める。彼女はちらりと、犀川の方を窺った。犀川は背中を向けている。煙が動いているだけで、窓の外を眺めた姿勢のまま動かない。

「あなた、なにか知っているの?」国枝が西之園に質問した。

「いいえ」西之園は首をふる。

「その話をするために、ここへ？」国枝がきく。

「まさか……」西之園の首の振幅が増した。そのあと、顎を引き、上目遣いになる。「あの、うん、今のところはまだ、そんなに知っているわけではありませんけれど……」

4

C大中央棟一階の食堂の一角。日は暮れている。ガラスに映っているのは室内。軽快な音楽が流れているが、誰も踊ったりはしていない。

加部谷恵美は、コーヒーカップとポテトをトレィにのせて、空いている席を探した。もう帰っても良いのだが、お腹が空いて家まで持《も》ち堪《こた》えられそうになかったので、臨時補給のために立ち寄った。こういうのを虫の知らせというのだろうか。一番隅のテーブルに見慣れた顔を発見。同じ学科の先輩、山吹早月である。そして、こちらへ背中を向けているのが、海月及介だということもすぐにわかった。彼女は、即座にそちらへ歩く。途中で、何度かトレィを高く持ち上げなければならないほど、食堂は混み合っていた。

「ここ空いてます？」近づくと山吹が自分の方を見たので、加部谷はトレィを持ったまま尋ねた。

「見て、わからない？」山吹がわざとらしく眉を顰める。

いつものことだが、どうも仄《ほの》かに刺々《とげとげ》しい。根は優しくて親切、それに穏やかできちんとしている、それが山吹の印象であるが、ときどき、もしかして自分は嫌われているのでは、と加部谷は感じるのだった。けれども、この程度で怯《ひる》む彼女ではない。

「座って良いですか、という意味です」

「良いと思うよ。公共の場なんだから」山吹は申し訳程度に微笑んだ。

加部谷はトレィをテーブルに置いて、椅子に腰掛ける。もう一人の海月が一瞬だけ彼女へ視線を向けたが、すぐに別の方を向いてしまう。この男は、もうＵＦＯと同じくらい信じられないほど対人モードが消極的なのだ。一言二言でも会話が成立したら奇跡だと思って良い。彼は加部谷と同じ学年だったが、浪人をしたらしく、山吹と中学のときは同級生だったらしい。仲が良いようには一見観察できないものの、とりあえず、一緒にいるところは頻繁に見かける。

「どうしたんです？　何のお話かなぁって」

「別に、これといって」山吹が首をすっと横に動かす。

「あ、なんか、お邪魔ですか？　え？　男どうしで大事なお話があったとか？」

「いや、そんなことはないよ」

「ふうん」加部谷はとりあえず、コーヒーの蓋を開けた。「あぁあ、なんか面白いお話とか、ありませんか?」

「ある」海月が答えた。

「うわぁ、びっくりした」加部谷は海月を睨む。「不意打ち。え? 質《たち》の悪い冗談? それとも病気? どうしちゃったの、大丈夫? 熱でもあるんじゃない? 海月君ったら」彼女は、ゆっくりと山吹の方へ視線を移す。どうせ、海月は話さないだろう。

「で、何ですか?」

「いや、特に、それほど面白いというわけでも……」

「あら、海月君には話せても、加部谷には言えない、そういう面白さなんですね?」

「そうじゃないけれど、えっと、ほら、加部谷さんも、昨日、西之園さんに会ったでしょう? N大で」

「あ、ええ……」加部谷は頷く。それは現在とっておきのネタである。彼女はもう一度海月の顔を窺った。

「今、海月から全部聞いたよ」山吹が言う。

「え? 嘘。海月君が話したんですか?」

「うん」山吹は頷く。「自殺してて、θってマークされてた話でしょ?」

「うわぁ、何? 海月君、口軽ぅ! 信じらんない。そんなに沢山のことしゃべれるんだわ」

「いや、僕がききだしたんだよ」澄ました顔で山吹が言う。

「え？」加部谷は山吹を睨んで目を細めた。「ききだした？　無理矢理、吐けって？　俺の言うことがきけんのかぁって？　こんな場所で？」

山吹は微笑んだまま。海月は素知らぬ顔で横を向いている。

「へえ、ふう……」彼女は息を吐いて頷いた。「そうですか、はしゃぎすぎですね、はい、すみません」

「あとね、僕が仕入れてきた話もある」山吹は五センチほど身を乗り出した。

「え、どんな？」

「僕も、昨日はN大だったんだ」

「あ、もしかして、犀川研に？」

「そうそう、犀川先生に会ったよ」

「あ、初めて？　ですよね」加部谷は自然に笑顔になった。「どうでした？」

「うん」山吹は難しい顔で頷いた。「よくわからない」

「でしょう、でしょう？　そうなんですよ、そうそう、そういう感じ。頭ぼさぼさでした？」

「あ、うん」

「目とか、とろんとしてて」

「どうかな」

「冴えない感じじゃないですか」

「うーん、まあ……、うん、そう、そうかな」

「どうして、あの西之園さんがって……」

「え?」

「正直思いませんでした?」

「いや……、そのぉ……」

「思ったでしょう?」

「いや……、別に、あのさ、加部谷さん、なんか熱い思いでもあるわけ? そんな話を誘導しないでほしいな」

「あれ? もしかして、犀川先生から事件の話を聞いたんですか?」

「違うよ。そうじゃないけど、たまたまっていうか、結果的に、その場に居合わせたっていうか。えっと、国枝先生も一緒だったし。で、ちょうどそこへ、西之園さんが突然現れて」

「あじゃあ、私たちとお話ししたあとですね、きっと」

「あ、そうかも」

「どんな話でしたか？」

「国枝先生の知り合いの人が、建設現場で自殺して亡くなったっていうのと、あと、えっと、警察の人が、犀川先生に会いに来たって……。あ、違った、偶然会ったのかな。とにかくね、連続自殺事件について、西之園さんがうんうん唸《うな》ってた」

「うんうん唸ってました？」加部谷は首を縦にふりながら腕組みをした。「私も、だいたいのところは聞いたんですよね、西之園さんから」

「そうらしいね」

「まあ、とにかく、あれですよ、自殺してるのに、θっていう赤い文字が書いてあるわけです、躰のどこかに。で、それがどうしてなのかっていうのが、まあ謎といえば謎ですか。口紅を使って書かれていたんですよ」

「うん、口紅、そうそう」

「なんか仮説は出ましたか？」

「仮説？　いや」山吹は首をふった。「だって、殺されたわけではないし、どう見たって、自殺した本人が、自分で書いたっていう可能性が一番高いんじゃない？」

「どうして、そんなものを書いたのかっていう、その理由ですよ」

「書きたかったからじゃないのかな」

「だから、どうして書きたかったのかっていう」

「それよりも、どうして自殺に至ったのかっていう方が、ずっと重大な問題だと思うけど」

「ですから、その重大な謎を解く鍵が、その文字に込められているかもしれないじゃないですか」

「いやぁ、そういうふうには考えないけど」山吹は苦笑した。「単に悩みがあって、生きるのが嫌になっただけで……、それでまあ、なんか儀式として、ちょっとやってみただけなんじゃない？」

「儀式って、θを書くことが？　どんな儀式になるんです？」

「その文字を書いて自殺すれば、天国へ行けるとか」山吹は答えた。

「ああ、天国への通行手形みたいなものですね」加部谷は頷いた。「うん、まあ、普通のありきたりの当たり前の誰でも思いつくなんの変哲もない仮説ですね」

「加部谷さんは、なにか考えがあるわけ？」

「ありますとも」後ろへ躰を引くと、背中に椅子の背もたれが当たった。「あらいでか、とも言いますよね」

「あそう、それじゃあ、それさ、今度、西之園さんに話してあげて」山吹は立ち上がった。「さってと、じゃあもう帰ろうかな。あぁあ、今日は研究室へ戻らなくても良いんだ」彼は上を向いて首を回した。疲れているのだろうか。

隣の海月も黙って立ち上がるではないか。

「あれ、あれれ……」加部谷は腰を浮かせる。「あのぉ……、私の仮説を聞きたくありませんか？」

「あ、また今度ね」爽《さわ》やかな笑顔の山吹が答える。片手を広げてみせた。

遠ざかっていく彼ら二人の背中と、テーブルの上のスチロールカップのコーヒーを、加部谷は見比べた。追いかけようか、とも考えたけれど、せっかくのコーヒーとポテトを残していくわけにはいかない。犠牲が大きすぎる。かといって持って走るのは無理だ。しかたがない、諦めよう。

「なんで、海月君も一緒に行くわけぇ……」舌打ちしてから、ポテトを一度に五本ほど口に入れた。こうなったら、山吹のアパートへ今晩押し掛けてやろうか、という作戦も浮かんだが、どうも不謹慎な光景ばかりが頭を過《よ》ぎって、それを振り払うのがやっとだった。

5

コーヒーとポテトを正しく消費したあと、加部谷恵美は食堂を出た。外は寒い。寒さのために縮んだのか、星空がピンと皺《しわ》もなく広がっていた。

駐輪場で自分の自転車の鍵を外していたら、後ろに気配を感じ、彼女は振り返った。植え込みの近くに誰か立っている。学生っぽくない。教員だろうか、事務員だろうか。無視して、自転車を引き出していると、こちらへ近づいてくる。彼女は少しだけ緊張した。周囲には他に誰もいなかったからだ。

「あの、なにか？」さきに声をかけることにした。相手までの距離は四メートルほどである。

「加部谷恵美さんですね？」

「そうですけど……、なにか？」

「私は、赤柳《あかやなぎ》と申します」風邪をひいているようなしわがれ声に聞こえた。顔は暗くてよくわからないが、若くはない。体格は小柄で、帽子を被《かぶ》っている。背広にズボン。両手をポケットに入れているようだ。

「どんなご用ですか？」

「もし、よろしければ、ほんの少しだけ、お話を伺いたいと思いまして。あの、どうかご心配なく。私は怪しい者ではありません。探偵をしております」

「探偵？」少し驚いた。しかし、そう聞くとますます怪しく思えてくる。「あ、あの、近づかないで下さい」

近づこうとしていた赤柳が立ち止まった。

「充分に声は聞こえますから」多少突《つ》っ慳貪《けんどん》に言ってみる。「手短に用件をおっしゃって下さい」

「早川という人が自殺をしたのですが、そのことで、調べているのです。ご存じかと思いますが、額に、その、ギリシャ文字のθが書かれていました」

心臓の鼓動が意識された。どう答えて良いかわからないので、加部谷は黙っていた。

「いいえ、本当に怪しい者ではないのですよ。信じてもらえませんか？」

「一つきいても良いですか？」

「はい、もちろんです」

「どうして、私にきくんですか？　その人と私、なにか関係がありますか？」

「いいえ、つまりですね……、率直に申し上げますと、貴女《あなた》がなにかをご存じの様子なので、是非ともご意見をおききしたい、と思ったしだいです」

「え？　どうして、そんなこと……」

「はい、ええ、正直言いますと、実は、昨日から、貴女をつけておりました」

「え、私を？」

「そうです」赤柳は頷いた。「申し訳ございません。他意はないのです。こちらとしても、藁《わら》にも縋《すが》る思いでして」

「どういうことなんです？」

「ええ、ぶっちゃけた話……、正確に申しますと、ぶち開けた、洗いざらいという意味ですが、つまり、私は、自殺したことになっている早川さんのご遺族から調査を依頼されているのです。最初は彼の近辺を探りましたが、まったくこれといった手応《てごた》えがなく、ただ一縷《いちる》の望みとして、θという赤い文字に注目をしたのです。それで、まずは、警察方面からの内部情報を入手しまして、えっと、ここのところは詳しく申し上げるわけにはまいりませんけれど、そういったルートが、ままあるわけでしてね、ええ、で、そのθの文字を書いたという口紅ですな、これを鑑定した大学病院の研究室を突き止めることができたわけです、はい。話が長くなりますが、直接かけ合ってみたものの、結果を教えてもらえない、どうも探偵というだけで、胡散《うさん》臭い人間に思われてしまうようでして、いけませんね、偏見というのでしょうか、世知辛《せちがら》い世の中ですな。まあ、そういうわけでして、いたしかたなく、今度は、その検査員の方をつけることにしたわけです。で、その翌日ですか、その方がN大へ行かれましてね、そこの食堂というか喫茶店のようなところで、お友達とお話をされました。私は、運良くそのすぐ隣のテーブルに座ることができまして、なんと申しましょうか、聞くとはなしに、自然に聞こえてくるお話を伺ったというわけです」

「あ、じゃあ、あのときですね。自然にって……」

「はいはい、途中から、貴女がいらっしゃいました」

「そういうの、ストーカ行為っていうんじゃないですか？」

「いえ、とんでもない、こちらはあくまでも、真実を追究したいがために行っている地道な調査活動の一環としてですね……」

「盗聴って違法なんじゃないですか？」

「滅相《めっそう》もない」

「だって、明らかに盗み聞きじゃないですか」

「ですから、ご理解をいただきたいのですが、けっして貴女のプライベートに立ち入ろうとしているわけではないのです」

「私の名前も調べたんですか？」

「いえいえ、小耳に挟んだまでのことでして」

「あれ、だって、下の名前もご存じだったじゃないですか」

「それは、あの西之園さんという方が、大声で呼ばれましたので……」

「あれ……、そうだったかしら」

「あの方は、いったい何者なのですか？　もしかして、警察の関係者でしょうか？　西之園という名前は、現在の県警本部長と同じですが」

「知りません。知っていても教えません」

「いや、そちらの情報は無関係です。私がおききしたいのはですね、貴女が持っている仮説です」

「あ！　もしかして、今も、そこで盗み聞きしていたんですか？」

「少し離れたテーブルにおりましたが、充分に聞こえてきました。どうかお願いいたします。是非、調査にご協力願えないでしょうか」

「うーん」加部谷は唸る。「そういう人は信用できません」

「もちろん、後日でも、けっこうです」赤柳はポケットから名刺を取り出した。あらかじめ用意していた滑らかな動作だった。

加部谷は名刺を受け取る。確かに名前の上に、《探偵》の二文字が読めた。

「では、今日はこれで……。本当に、いつでもけっこうですから、教えていただけることがありましたら、よろしくお願いいたします」

赤柳は一礼して去っていこうとした。

「あ、ちょっと待って下さい」加部谷は呼び止める。

「はい」

「私が教えたら、代わりに、そちらの知っていることを教えてもらえますか？」

「誰にも話さない、とお約束していただけるのでしたら、ある程度のことはお話しできると思います。特に、極秘というものでもありませんので」

「そうですか、わかりました」

「お気持ちが変わりましたか？」

「考えます」

「はい、では、失礼いたします」

赤柳が去っていくのを、加部谷はしばらく眺めていた。入れ替わりで、数人の学生たちが駐輪場の方へやってきたので、ようやく少しほっとした。今まで二人きりだったので、少なからず緊張していたようだ。彼女は溜息をついた。

実は、彼女が持っている仮説というのも、わざわざ話すほど大したものではなかったので、それが一番どきどきした点だった。口にしたら最後、怒られそうな気がしたのである。

自転車に乗り、ゲートの方へ向かって下っていったが、もう赤柳らしき姿は、どこにもなかった。

坂道を下りながら、ライトをつける。

こうなったら、この事件について、納得がいくまで徹底的に考えてやろう、と彼女は決心した。

第2章　残留を許す信号ならびにその示唆について

迫害はおそらく真理を傷つけえないものであるから、真理を迫害することは是認せられうるという理論は、新たな真理の受容に対して故意に敵対するものとして非難されることはできない。

1

一週間ほど時間を遡《さかのぼ》る。

舟元繁樹《ふなもとしげき》は、バイト先で知り合った早川聡史の葬儀に出席した。これは彼の意志ではなく、会社の上司から行けと言われたからである。舟元の家から近かったことも理由の一つだ。会社からの香典も預かった。このまま着服してもきっと誰にもわからないのでは、とも考えたものの、しかし、この程度の金額で信頼を失うのも面白くない。これもバイトの一環と考え、大きな抵抗もなく出向いた。礼服を持っていなかったが、いつも着ているスーツが黒いのでちょうど良かったし、ネクタイも黒っぽい地味なものが一本だけあった。

どうせ三十分くらいで終わるだろう、と軽い気持ちで参列したところ、親族らしき人に声をかけられ、部屋の中へ招かれてしまった。どうやら、早川が生前に、舟元のことを話していたらしい。名前が記憶に残るほど、そんなに何度も話題に上ったということだろうか。それほど親しい仲でもなかったのに、と不思議に思ったけれど、とにかくその場は話を合わせる以外にない。

早川聡史の姉、早川亜由子《あゆこ》と名乗る女性に、奥の部屋まで案内された。床が冷たいリビングである。そのテーブルの上にノートパソコンが置かれていた。いつもそこにあるものとは思えない。

「舟元さん、パソコンって、わかりますか?」彼女がきいた。

「あ、はい、少しくらいなら」質問の正確な意図がわからないので、自信なさげに答える。パソコンがわかる、というのは、きっと使い方を熟知している、あるいは使った経験がある、という意味なのだろう。

「これ、聡史が使っていたパソコンなんですけど。なにか、その、中に残っていないかって、私も調べてみようとしたんですよ。でもね、よくわからなくて……」

「遺書、みたいなものですか?」舟元は尋ねた。その言葉を出すことが失礼に当たらないか、と少し緊張してしまった。

「ええ……」彼女は困った顔になる。もともと深刻な表情だったので、ますます苦しそうに見えた。「ないかなって、思ったんですけれど、簡単には見つからなくて……」

彼女は、じっとこちらを見つめる。期待されているのだろうか。

「あの、これ、立ち上げても良いですか？」

「ええ、できたら、中を調べてもらいたいんですよ」

「はい、でも……」

「どうも、私には、聡史が自殺するなんて……、そんな、高いところから飛び降りるなんて、ちょっと考えられないんです。ね、そう思いませんか？　そんなふうに見えましたか？」

「あ、いえ、僕はバイトで一緒だっただけで……。えっと、仕事をしているときは、そうですね、全然なにも、そんなふうのことはありませんでしたよ」

「そうでしょう？　やっぱり、おかしいと思うの」

「はあ……」どう返事をして良いかわからない。

「警察の人にも、そう話したんだけれど、駄目みたい。全然相手にしてもらえないって感じで……」

「不審な点はなかった、ということなんですか？」

「いいえ、ここのね……」彼女は自分の額のまん中に指をつける。「おでこに、赤い口紅で、変なマークが書いてあったの。それだけ」

「どんなマークですか？」

「こんな……」彼女は左の手のひらの上で、右手の人差し指を動かした。「丸を書いて、まん中に線が一本」

「あ、ゼロですね」舟元は言う。「それとも、シータかな？」

「そうそう、警察の人も、そう言ってました。なにか、そういうのを仕事で使うことがありますか？」

「いいえ」彼は首をふった。「ありませんよ、全然」

「舟元さん、聡史に、パソコンのメールのやり方を教えて下さったんでしょう？」

「あ、そう……、だったかな」

「そう聞いたことがありますよ。パソコンを買って、教えてもらっているって」

「そういえば、そんなことがありましたね」舟元は頷いた。

舟元自身は大学では工学部だった。理系なので、というわけでもないが、パソコンはもう長く普通に使っている。大して特別なアイテムではない。逆に、早川聡史の方が機械音痴というか、今どき珍しい人種だったのではないか、と思えた。パソコンを初めて自分で買った、と話しかけてきたのが半年ほどまえのことである。今思い出すと、確かに最初は、それがきっかけで話をするようになった。「どなたかにお願いして、ちょっと調べてみようかと思っているくらいなんですよ」彼女は呟くように言った。

「調べるって……、探偵とか、そういうのですか?」舟元はきいた。その言葉が出てきたのは、同じマンションに住んでいる赤柳のことが思い浮かんだからである。「僕の隣なんですけど、探偵だっていう人がいますよ」

「あ、そうですか、一度きいてみていただけないでしょうか」

「はあ」と頷いたものの、何をきくのかよくわからない。おそらく、調査というのはどれくらいお金がかかるものか、という質問だろう。「とりあえず、今度会ったら、話してみます」

こんなとりとめもない会話を交わしながら、舟元はパソコンを立ち上げて、ざっとファイルを見てみた。だが、そんなに短時間で隅々まで調べられるようなものではない。目立つところには、メモや日記らしいものは見当たらなかった。メールが残っていれば、それが一番本人が残した生の記録ではないか、と舟元は考えた。

「メールが残っているかもしれません。だけど、プライベートなことですし、勝手に読んだりして良いでしょうか?」

「死んじゃったんですから……」彼女はそう言い捨てると溜息をついた。「ああ、ええ、大丈夫だと思います。見ることができるんですか？」

「あ、いや、わかりませんけど、プロテクトがかけてなければ、見られると思います。でも、きっと相当膨大な量ですから、この場ですぐに、というわけには……」

「このパソコン、お持ちになっていただいてもけっこうです。あの、お礼は別に差し上げますので、できる範囲でけっこうですから、探していただけないでしょうか。それらしいことがあれば、私も諦めがつきます」

「はあ……」頷きながら舟元は唇を噛んだ。

厄介《やっかい》なことを頼まれてしまったな、と思った。しかし、探偵を雇おうとしているくらいだから、それなりの出費は覚悟しているのだろう。バイトだと割り切って、少しだけ手をつけてみるか。舟元は自分にそう言い聞かせることにした。

そのノートパソコンを持って、彼はそのまま帰宅した。玄関の鍵を開けようとしたとき、隣のドアが開いて、タイミング良く、赤柳初朗《はつろう》が顔を出した。実は彼の顔を見て、舟元の方も思い出した。帰ってくる道すがら、パソコンの中身を調べること、どこを見れば良いか、何が残っているのか、ということばかり考えていたので、自分以外の仕事については、すっかり忘れていたのである。赤柳は出かけるところだったらしい。グレイの地味なコートを着ていた。

「ちょうど良かったです、赤柳さん」舟元はそちらへ歩み寄った。「実は、こういうの、よくわからないんですけど、もしかして、頼めるものかなって思いまして……」

あまり親しくない友人が自殺して死んだが、その遺族が、自殺の原因を調べてほしいと言っている。つまり、自殺ではなかったという可能性があるのではないか、との疑惑だ。手短に、そういった事情を立ち話で説明した。

「わかりました。どうもありがとう」赤柳はにっこりと微笑んで頭を下げる。仕事が来た、という単純な喜びなのか、それとも、これが営業モードなのか、いずれかだろう。普段はこんな顔を見たことはなかった。

早川の家の電話番号を教え、連絡を直接取ってもらうことにした。舟元は彼と別れ、自分の部屋に入り、自分の役目の一つがこれで片づいたので、多少ほっとした。あとは、パソコンだけである。こちらの仕事も、面倒だったら赤柳に預けてしまった方が良いかもしれない。しかし、少しだけ中を見たうえでそれは判断しよう。案外簡単になにかが見つかるかもしれないわけで、そのときは割の良いバイトになる可能性がある。この見極めがさきだろう、と舟元は考えた。

2

舟元は、その後、時間を見つけては、早川のパソコンの中身を探ることになった。予想したほど沢山のファイルはなさそうで、やはり初心者だったためだろう、書類の類は少なく、ほとんどはメールだった。ほぼ残っているようだ。しかし、ざっと読んだところ、これといって問題になりそうな内容のものは見つからない。一番多かったのが、当の舟元とのメールである。内容は、インターネットに関する初歩的な質問に舟元が答えているもの。これは三ヵ月ほどまえで途切れている。その後はメールの数も少ない。親しい友人らしき人物からのメールもないようだった。もっとも、そういった関係の人物とは携帯電話でコミュニケーションを取っていたのかもしれない。

メールソフトの次に、ブラウザの履歴を調べた。早川聡史がインターネットでどこのサイトを見ていたのかがだいたいわかる。これも、それほど多くはなかった。ごく一般的なプロバイダのトップページ。アイドル系のサイトが幾つか。オークションも頻繁に見ていたようだ。しかし、どの程度まで利用していたのかまではわからない。

ただし一つだけ、ブックマークで登録がされているものの、パスワードを入力しないと閲覧できないページがあった。しかも、そのURLの中に、《theta》というスペルを発見したとき、舟元の心臓はやや大きく打った。

「シータだ」思わずそう呟く。

しかし、見ることができないので、なんともならない。そのページがトップ、すなわちホームページのようだった。いろいろ試しているうちに、ヒントのボタンがあることに気づく。これは、万が一パスワードを忘れたときのために、自分自身であらかじめ入力しておくものである。さっそくボタンを押してみると、小さなウィンドウが開いて、そこにこう書かれていた。

葉っぱは見られ、鳥は死なない。

この一行である。幾度か声を出してゆっくりと読んだ。しかし、何のことなのかまったく不明。これから連想されるワードがあるはずだが、しかしクイズではない。本人が思い出すために書いたものだから、他人が見てわかるものである保証はまったくない。

この時点で、舟元はほぼ諦めてしまった。そもそも最初から自分に向いている仕事ではなかったのだ。椅子にもたれかかり、煙草に火をつけながら、彼はその作業から煙のように遠ざかった。

再び舟元が、このヒントについて思い出したのは、一週間以上あとのことで、友人からメールが届いたためだった。

3

舟元繁樹とのメールが二回往復したところで、山吹早月は彼に電話をかけることにした。

「もしもし、山吹だけれど」

「おう、どう？　なんかわかった？」

「いや、意味わかんないよ。言葉が少なすぎ。もっとちゃんと説明してほしいな」

「まあ、メールだしな。いろいろ省略したから」

「しすぎだって。突然さ、何？　葉っぱが見えるのに、鳥は死んだとかって」

「違う違う。鳥は死なない」

「意味不明だよ」笑いながら、山吹はいう。「なぞなぞ？」

「うーん、いやいや、そういう遊びじゃないんだな。人の命がかかっているんだから」

「オーバだよなあ」

「違うって、マジそうなんだって。うーん、これ、絶対に誰にも言うなよ」

「何の話？」

「あのさ、俺の知り合いが自殺したんだ。飛び降りだよ、飛び降り。それで、そいつが持っていたパソコンをだな、その、調べてほしいって、そいつの姉さんから頼まれたってわけ。な、遊びじゃないだろう？　探偵にだって依頼したんだぞ」

「探偵？」

「俺んちの隣の」

「ああ、えっと……、赤柳ウイロウ」

「うん、そう」

「それが、どうつながるわけ？」

「いや、探偵の方は知らん。それなりにやってると思う。そうじゃなくて、俺が預かったそのパソコンの中に、その、問題の文句があったわけだ。うーん、つまり、死んだそいつが見ていたかもしれないサイトで……、インターネットのサイトのな、そこを見るためのパスワードが、そのなぞなぞを解くとわかって、それを入れると見られるってわけで……」

「ああ、なんとなくわかってきた。じゃあ、なぞなぞの答、英語で8文字以下とかなんだ」

「え？　なんで、そんなことがわかる？」

「いや、だいたいそういうのが多いから、慣習として」

「そうか、英語かぁ。俺、日本語で考えてた。なんていうか、おとぎ話じゃないかって直感したんだけどなあ。舌切り雀とか、鳥が死ぬ話ならあるけれどな」

「死ぬか？　あれ」

「舌を切ったら死ぬだろう、普通。でも、葉っぱなんか見ないよなあ」

「紅葉《もみじ》狩りとかだと、見るけど」

「あそっか、秋になると死ぬ鳥っているか？」

「さあね」

「シータっていうサイトなんだけど、これも、ヒントになるかもしれん」

「え？」山吹はそこで息を飲んだ。「シータって？　もしかして、ギリシャ文字のθ？」

「そうそうそう。その字が、つまり、なんだ、その死んだそいつのおでこんとこに書いてあったんだ」

山吹は一瞬考える。

「もしもし、おい、山吹、聞いてるか？　テレビ見てるの？」

「今、家じゃない。外を歩いてる」

「あ、悪い悪い。あとにしようか？」

「いや、そうじゃなくて……、驚いただけ」山吹は立ち止まり、ガードレールに腰を預けた。そして、周囲を気にして少し声を落とした。「θって、それ、本当？」

「え？　なにか思い当たることでもあんのか？」

「どんなＵＲＬ？」

「うーん……、えっとぉ」

「メールで送って」

「うん、いいけど、答がわかったのか？」

「いや、全然なにも。だけど、その事件の方なら、ちょっとわけがあって知ってるんだ」

「え、なんで？」

「だから、わけありで……」

「わけありって、どんなわけだよ？」

「まあ、うん、今度会ったらゆっくりと話すよ。あ、今夜とか、どう？　そっち行ってもいい？」

「え？　今夜かぁ、うーん、九時頃なら帰ってこれるかな」

「その時間でもいい？」

「ああ、別にかまわんけど……。なんだよ、そんな重要なことなのか？」

「そうでもない」

「ふうん、まあいいや」

「じゃあ、あとで」

「できたら、なぞなぞ、考えといてくれよ」

「うーん、無理っぽいけど」

「じゃあ、来たってしょうがないぞ。別に他は……、うん、パソコンには、特になにも入っていないみたいだし」

「それまでに、対策を考えていくよ」

「何の？」

「じゃあ、九時過ぎに」

山吹は電話を切った。舟元にメールを書いたのは昨日のことだ。大学の同窓会の委員をやらされることになって、行方不明の別の友人のことで、舟元にメールを送った。それに対する返事は「知らん」の一言だったが、脈絡もなく、変ななぞなぞを書いて寄こしたのである。それを今朝になって「わからん」と返したところ、またも、「童話か歌にないか？」とメールが届いた。しかたがないので、電話をかけたのだ。

携帯電話のディスプレィを見る。五時半だった。舟元もまだバイトの最中だったかもしれない。たしか、引越屋かどこかで働いているはずだが、それ以外にも幾つかバイトをしているらしい。彼は学部を卒業したあと、定職には就かず、フリータを続けている。将来に不安はないのだろうか。しかし、自分は大学院に進学し、未だに親の仕送りを頼りにして生活を続けているのだから、偉そうなことがいえる立場では全然ない。

携帯電話をポケットに仕舞う。歩道の先、自販機の側に友人が立っていた。並んで歩いていたが、山吹が電話で話し込んだため、少し離れたところで待っていてくれたのである。

「悪い」山吹は近づいた。

海月及介はこちらを一瞥《いちべつ》しただけで、にこりともしなかった。もちろん口もきかない。待たされたから怒っている、というわけではなく、これがいつもの彼の反応である。

山吹は、電話の相手が舟元繁樹で、その話の内容が、額にθが記された自殺者のこと、舟元が彼の知り合いだったこと、パソコンを調べていること、その中にパスワードがないと入れないサイトの閲覧記録があったこと、などの事情を手短に話した。

「そのパスワードのヒントがね、葉っぱは見えて、えっと、鳥は死なない、てやつなんだって」

海月がまた山吹の顔を一瞬だけ見た。こういった仕草は、なにか言いたいことがある、気づいたことがある、というサインである。永年のつき合いなので、この種の兆候を山吹は見逃さない。

「どうした？　なにか言いたそうだけれど」

海月は黙ったまま軽く片手を持ち上げ、右と左へ一度ずつ人差し指を向けた。

「ああ、こっちだよ」山吹は歩き始める。これから二人で食事をしにいくところだった。先日偶然入った店が美味《うま》かったので、海月を誘ったのである。その道順を、彼は尋ねたのだ。ちゃんと案内をしろ、という意味だろう。まだ歩いて五分ほどはかかる距離だった。

「そういえば、加部谷さんが、探偵に会ったって電話をしてきたこと、話したよね？」山吹は言った。

横を歩いている海月がまたこちらを向く。

「あれのルートも、わかったよ。自殺した人の遺族が、舟元を通じて、あの探偵を雇ったんだ。自殺する原因がわからないから調べてほしいってことみたいだね。ま、気持ちはわかるけれど、でも、それくらい、警察だって調べているだろうなあ」

しかし、会話はそこで途切れた。海月及介が口をきかないせいだが、食事まえで腹が空いているというわけではなく、彼の場合は日常からずっとこんな調子なのである。別に話ができないわけではない。話すときは話すし、すらすらと流暢《りゅうちょう》に日本語を操るのであるが、ようするに、今はその話すときではない、という認識なのだろう。中学生のときは、もう少しものを言ったように思う。山吹の観測では、明らかにどんどん無口になっている傾向が認められる。

もしかしたら、警察は真剣には調べていないかもしれない。不思議なマークが残されていたくらいでは、事件性があるとは判断しないのではないか。単なる気まぐれで、自殺した本人が書いたものかもしれない。世の中、その手の不可解なものは沢山あるだろう。物理的に困難なものではない。心理的にもありえないものともいえない。ただ、一般的な単純明快さがない。理由が一言で表現できない、というだけのことなのだ。

目的地はインド料理の店で、ようするにカレーである。二人はこれを黙々と食べた。図らずも黙々となってしまうのは、もちろん海月及介のせいである。彼は料理がテーブルに来るまでは、鞄《かばん》から出した本を読んでいた。文庫サイズで中東方面の歴史の分野らしいことがタイトルからわかったが、山吹は話しかけなかった。自分は携帯でメールを書くことに忙しかったからだ。

「そういえばさ、どこかへ行くって言ってなかったっけ？」カレーをほとんど平らげた頃、山吹はようやく話題を思いついた。

既に食事を終えている海月が軽く頷いた。

「どこ？」

「決まっていない」

「あそう……」

ずいぶんまえに、今月末は一週間ほど不在だ、という話を聞いていた。月末といえば、もう来週のことだ。一週間も出かけるのに、行き先が決まっていない、というシチュエーションを想像してみたが、途中で、その主語が海月及介であることを思い出して、無駄な思考だと諦めた。そんなことよりも、明日のゼミの方がずっと心配だ。論文が片づいたあと、しばらく気が抜けてしまい、研究をサボっている山吹である。課題はまだまだ山積状態で、国枝助教授からも言葉なき圧力をかけられている。

店を出てから、来た道を二人は戻った。歩道橋の手前で、海月とは別れる。山吹は信号待ちになり、立ち止まった。海月は横断歩道を渡りかけた。当然ながら、別れの挨拶、あるいは身振り手振りは一切ない。一瞬目を合わせれば良い方で、その場合は、まるで高速パケット光通信をしたように感じる。

山吹は時間を確認して、これからアパートへ戻って、バイクで舟元のところへ向かえば、ちょうど良い時刻になるな、と計算していた。

背後に気配を感じたので振り返ると、そこに海月が立っていた。横断途中で引き返してきたようだ。

「何、どうしたの？」山吹はきいた。

「フェニックス」一メートルほどまで近づいて、海月は呟くように言った。「スペル、わかるか？」

「え？」

「ＰＨＥＮＩＸの六文字が普通だが、ＰＨＯＥＮＩＸの七文字もある。アメリカは後者が多い」海月はそれだけ言うと、もうあちらを向いてしまった。彼が横断歩道を半分ほど渡ったところで信号機が点滅し始めたが、彼の歩調に影響を与えることはできなかった。一度も振り向かず、彼はそのまま去っていった。

4

ほぼ約束の時間に到着。舟元は既に帰っていたし、既にビールを飲んでいた。

「飲まないのか？」冷蔵庫を開けながら舟元がきいた。相変わらずぼうっとした顔だった。この男がものごとに集中するとき、たとえば重量挙げをするときなどは、いったいどんな顔になるのか一度見たいものだ、と山吹は常々考える。

「ああ、今日はすぐ帰るよ。飲めない、バイクだから」

「なんだ」

リビングのテーブルの上にノートパソコンがあった。高い機種ではない。電源アダプタとイーサネットのケーブルが接続されている。イーサの方は、もともと舟元が自分のパソコンにつないでいたものだろう。ベッドのある隣の部屋からコードが伸びてきている。

「触っていい？」椅子に座りながら山吹はきいた。

「うん、存分に。でも、壊さないでくれよ。大事な預かりものなんだからな」

「ああ……、まだ初心者だね」デスクトップを見て、山吹はそう感じた。書類が沢山出しっぱなしだったし、不要と思われる空っぽのフォルダが幾つか目についた。

ブラウザが立ち上がっていた。インターネットには接続できるようだ。ブックマークとして登録されているＵＲＬのリストを眺める。フォルダも作られず、まったく整理されていない。

「そこの、一番下のやつ」ビールを片手に、横の椅子に座りながら、舟元が言った。

普通はリストにはページの名称が表示される。その名前がない場合には、インターネットのアドレス、つまりＵＲＬがそのまま表れる。これはアルファベットや数字で構成された文字列だ。

「ああ、確かに……」

《theta》というスペルが、ＵＲＬの途中に見つかった。山吹はそこをクリックした。

ダイアログ・ウィンドウが表れ、パスワード待ちの状態になった。

「な……、それだよ」舟元が言う。「そこに、葉っぱを見て、鳥は死なないものを入れるわけだ」

山吹は、海月が言ったとおり、phenixの六文字を入れてリターンした。しかし反応は、《パスワードが違います》という一言だった。

「当てずっぽうやっても駄目だよ」舟元が笑う。

次に、phoenixの七文字を入れてリターンすると、画面が変わり、新しいページの読み込みが始まった。

「お！」舟元が身を乗り出した。「なんだなんだ？　おい、何て入れたんだ？」

しかし黙って山吹は画面が表示されるのを待つ。

ディスプレィが真っ暗になった。そして、中央に小さなドアのようなものが現れる。他にはなにもないので、そこにカーソルを合わせてクリックすると、今度は画面全体が真っ白になり、中央に《ようこそ》の四文字が表示された。シンプルなデザインである。カーソルが点滅しているので、入力待ちになっているようだ。しかし、どうしてよいものかわからない。

「なんだこれ」横で舟元が呟く。

ためしに、リターンキーを押してみたが、反応はなかった。メニューも表れないし、ボタンもない。他のページへは移動できないようである。

「また、なにかパスワードを入れないといけないのかな」

山吹がそう言ったとき、画面に表示されている「ようこそ」の文字が消えて、新しい文字が表示された。一瞬で出るのではなく、一文字ずつ、タイプされているように出現した。

《あなたのお名前は？》と表示されたところで、また入力待ちになった。

二人は顔を見合わせる。

「どうする？」舟元がさきにきいた。

「えっと……、まあ、順当に考えて、このパソコンの持ち主の名前を入れるしかないんじゃないかな」山吹は答える。「ただし、ハンドルネームを使っていたかもしれないからね、望みは薄いかも」

「いやぁ、そんな器用なことしないと思うな」舟元が言った。「メールのアドレスだって、hayakawaそのままだったし」

「早川、何？」

「えっと、聡史」

山吹はその文字を打った。名前の方は、漢字がわからないので、舟元にきいて確認する。

リターンキーの上で指を止め、三秒ほど躊躇《ちゅうちょ》した。人の名前を使って良いだろうか、という後ろめたさもある、出てくるものが個人情報に当たるようなものではないか、という危惧もある、しかし、名前だけだし、これは遺族から依頼されている調査の一環なのだから、と考えてキーを叩いた。

画面にタイプされるように文字が一つずつ現れる。

《こんにちは、早川聡史さん。まだ生きていますか？》

沈黙。

山吹は画面をじっと見たあと、舟元の方へ顔を向けた。彼も、ほぼ同時に山吹を睨むようにして見返す。片足を椅子にのせ、膝を折っている。

「適当に答えてみろよ」彼は言った。「相手が人間かどうかわかる。こんなの、人間なわけないよな」

「うん、たぶんね」山吹は頷く。何を打とうか、と考える。

《生きていますよ》と打ってみた。これは明らかな嘘だから、多少後ろめたかった。

《そうですか、生きていますか。いつ死にますか？》また一文字ずつ返答が画面に表示される。

「はぁ？　なんだよ、これ」息をもらしながら、舟元が唸った。「嫌な奴だなぁ。どこのどいつだ？　だいたいさ、これ何のためのサイトなんだろう？」

「うーん、そういう疑問は、素直にぶつけてみよう」山吹は言う。

《あなたは誰ですか？》と打ってみた。

《私には名前がありません》と返事が表示された。

《ここは、どこですか？》山吹はキーボードを打つ。

《ここは、どこでもありません。どうして、それを尋ねるのですか？》と表示された。

「うーん、えっと……」山吹は、小さく舌打ちする。「駄目っぽいなあ」

「θについて、きいてみたら」舟元が言った。

「あ、そうか……」

《θとは、何ですか？》と打ってみる。

《θは、シータと読みます》

「読み方をきいてんじゃないよ」舟元が舌を鳴らす。

《θの意味を教えて下さい》山吹は打つ。

《θの意味？　わかりません。意味はないかもしれません》

「これ、チャット？」舟元がおどけた口調で言った。「誰かが、適当に返事を書いてんじゃないか？」

「そうかな」山吹は首を傾げた。「読み方をわざわざ教えてくれたわけだから……」

《シータとは、何ですか？》山吹は同じ質問をもう一度してみることにした。

《シータとは、現在の私たちの関係のことです》

「え？　何？」山吹が画面に顔を近づける。「関係？　関係って、何だろう、関係って……」

《それは、どんな関係ですか？》山吹は打った。

《質問の意味がわかりません》
《私たちの関係とは、何ですか？》
《それは、シータです》
《シータの目的とは何ですか？》
《シータの目的は、正しく導くことです》
「おいおい、これ、宗教の勧誘じゃないのか？」横で舟元が言った。「堂々巡りってやつだ」
《シータは、宗教に関係がありますか？》山吹は質問を続ける。
《シータは、宗教ではありません。シータとは、私たちの関係です》
《私たちとは、誰のことですか？》
《私たちとは、私とあなたのことです》
《私は誰ですか？》
《あなたは、早川聡史さんです》
《あなたは誰ですか？》
《私には名前がありません》
「おちょくられてる感じだな」舌打ちして舟元が言う。煙草に火をつけようとしていた。「駄目だぜ、こりゃ」

「この反応の速さは、人間がキーボードを打っているわけじゃないと思うな。きっと機械的に、つまりプログラムで応対している」山吹は思っていることを話した。

「プログラム？」舟元がきいた。「それって、人工知能みたいな？」

「そんな大層なものじゃなくてもできる。ゲームなんかにも利用されているけれど、こうしてしゃべっているうちに、言葉を学習して、というか、使われた文字列をデータとして記憶して、次にそれをそのまま使う。考えているわけじゃなくて、問答をしているように見せかけているだけっていうか……」

「ふうん、そんなことができるんか。けっこう、人間っぽいな。そんじょそこらの女子高生とかよりも、かなり会話になってるじゃん」

「いや、僕は女子高生につき合いないから」山吹は突《つ》っ慳貪《けんどん》に返す。

会話はそこで終わった。舟元は煙草を吸っている。画面はまださきほどのまま止まっていた。

もう少しつき合ってみるか、と山吹は考える。

《自殺とは、何ですか？》思いついてまた入力してみた。

《自殺をしたいのですか？》

《自殺したらどうなりますか？》

《自殺をしたいのですか？》

「一種カウンセラの役目は果たせるかもしれんな、これ」煙を吐きながら舟元が言った。「早川も、なにか悩みごとがあって、このサイトへ来ていたのかも」

「別に、入会するような窓口があるってことだね」

「あ、そうそう。そういうの、ありそうだな。まあしかし、早川の場合には、利かなかったってわけだけど」

《どうして、私は死にたいのでしょうか？》山吹は、そう打ちながら、自分でも不思議な質問だと思った。

《どうして？　わかりません》返事が表示される。

「おお、ようできてるなあ」舟元が笑いながら言った。

「うん」山吹は息を吐く。「それは認める」

「ああ、しかし、駄目か」舟元が首を曲げて骨を鳴らした。「結局、なにもわからんってことだ」

　自殺の理由が、という意味だろう。

「そうだね」山吹も頷いた。「ここまでかな」

5

山吹がバイクでアパートに戻ったのは十一時過ぎだった。

明日のゼミの準備をしなければならない。文献を読んで内容を紹介するか、あるいは、自分の研究計画なり、実験計画なりをまとめて文章を書くか、このいずれかであるが、前者では今からではもう間に合わない。なんとか、後者の方向で今夜中に考えて、明日の午前中にワープロをしよう、という方針を固めた。

しかし、五分ほど思案したところで頭が著しく睡眠モードになりつつあったため、シャワーを浴びることにした。頭を洗ってから部屋へ戻ると、携帯電話にメールが届いている。加部谷恵美からだった。内容は、《夜分すみません。電話して良いですか？》というもの。すぐに《いいよ》とリプライする。これからの頭脳労働に備えてコーヒーを淹《い》れる準備をしていたら、さっそく電話が鳴った。

「どうも、こんばんはです」加部谷恵美の明るい声である。

「どうしたの？」山吹は努めて軽く応対。

「どうでした？　えっとぉ、舟元さんのところへ行かれたんでしょう？　なにか進展はありましたか？」

山吹は一瞬考える。

「あれ、どうして加部谷のやつ、そんなことまで知っているんだって考えたでしょう？」

「うん」

「怒ってます？」

「いや、怒ってないよ」

「山吹さん、ちょっと恐いですよ、最近」

「うーん、そうかな、まあなにかと忙しいからね、つい、そう、ぶっきらぼうになっているのかも」

「今、私、製図室にいるんですよ。明後日が課題の締切だから」

「へえ……」山吹は返事をする。だから何なのかは不明。彼女が何を言いたいのかわからなかった。「えっと、どうして舟元に会ったことを知ってるの？」

「そうそう、その話でしたね。びっくりしました？」

「あのさ、ちょっと忙しいんだけれど……」

「すみません、すぐ済みます。あれ？　すみませんね、すぐには済まないかもです。あの、えっと……、ですね、実は実は、海月君から聞いたんです」

「ああ、そうか」

加部谷と海月は同じ学年だ。製図室で海月も作業をしているのだろう。そんな話、夕食のときには一言も話していなかったが。

「あれ？　驚きはありませんか？」

「うん、まあ、それしかルートはないかなって」

「だけど、海月君から話をきき出したっていう事実は衝撃的でしょう？　加部谷の手腕に驚きの色を隠せないってことは？」

「珍しいね、海月が話すなんて」

「すっかり聞いちゃいましたよ。自殺した人のパソコンを調べにいったんでしょう？あ、赤柳さんには会いましたか？　舟元さんのお隣の探偵さん」

「いや、会ってない。そこに、海月がいる？」

「うーん、五メートルくらいのところにいますけど」

「ちょっと、代わってもらえる？」

「あらら、忙しいんじゃなかったんですか？　加部谷を軽くあしらっておいて、海月君を出せって？」

「悪い悪い」

電話の向こうで、加部谷が海月を呼ぶ声が聞こえる。数秒間待っていると、がさがさと音がした。

「はい」低い海月の声である。

「あ、あのさ、フェニックスで合ってた。アメリカのスペルの方だったよ」

「どうだった？」

「それがね、別にどってことないページというか、会話の疑似体験ができるみたいな、そんな感じのところだった。まあ、詳しくは明日にでも話すよ。全然成果はなし」

「θは？」

「わからない。ああ、そうそう、そのページ、コンピュータが話し相手をしているんだと思うけれど、うーん、カウンセリングかな、そんな感じのところでね、そこで、こちらと相手の関係がシータだって、カタカナなんだけれど、関係がシータだって言うわけ。つまり、それは、早川さんが、過去にそういう入力をしたってことだよな」

「相手の名前は？」

「プログラムだから……。もちろん、でもきいてみたけど、名前はないって答えるんだ」

「名前がない？」海月が静かに言葉を繰り返した。こういったこと自体がとても珍しい現象である。

「あれ？　なにか、思い当たることある？」

「いや」

「とにかく、じゃあ、明日の夕方にでも研究室で。ゼミが四時頃には終わると思う」

「わかった」

加部谷の声が聞こえて、がさがさと雑音が入る。

「山吹さん？　今、約束しましたね？　私も行きますよ。いつです？　どこですか？」

「明日の夕方。研究室で。でも、そっち、課題の締切があるから、無理なんじゃないの？」

「大丈夫。楽勝ですよ楽勝」

「あそう。じゃあ、がんばって……」

「名前がないって、何のことですか？」

「海月からきいて」

「えぇえ！」不満の声である。

「じゃあね」

電話を切った。海月から話をきき出すことができるのは、本当に加部谷恵美だけではないか、と山吹は思った。

その夜はなんとか三時間ほど考えてアイデアを絞り出した。その途中で、フェニックスのスペルのphというのは、つまりギリシャ文字のφ《ファイ》であって、語源がそちらにある名残《なごり》だということに気づいた。φといえば、つい先日のことだ。もうすっかり片づいてしまった事件のこと。

そうか、今回はθだから、これも同じギリシャ文字だ。

面白い偶然だな、と山吹は考える。

しかし、思考はそこで遮断した。今はそれを考えている時間はない。思えば、中学、高校時代の定期試験の前夜にも、同じように、考えている場合ではないことをあれこれ考えていたように思える。人間の頭脳というのは、弾み車を動力にしているのだろうか。直面している問題のために回してやると、すぐには止まらず、ずっとさきの問題を突然思いついたりするのかもしれない。

三時過ぎに寝て、翌朝九時に起きた。ちゃんと朝食を作って食べ、大学へ出る。院生室には留学生が一人だけいて、彼はイヤフォンをしてコンピュータに向かっていた。山吹は、さっそく昨夜考えた内容をまとめたメモを見ながら、ゼミの資料を作ることにした。ゼミは午後二時からだ。整理して書いているうちに、また思いつくこと、調べる必要があることが出てくる。昼休みの時間もこの作業に没頭した。一時過ぎには、だいたい形になったので、生協の食堂へ一人で向かった。

研究棟を出たところで、西之園萌絵とすれ違う。彼女はだいたい重役出勤である。実際にも、彼女ほど重役に相応しい人物もいないだろう。まったく文句がいえる筋合いではない。

「ゼミのあと、いろいろ聞かせてね」西之園はそう言って笑顔で片目を瞑った。

「え？」

しかし、西之園はそのまま研究棟の中へ消えてしまった。

いろいろって何だ？　何を聞きたいのだろう？　という疑問は残ったまま。

食堂は空いていた。壁際のテーブルで一人ラーメン付きの中華定食を食べた。メールも来ない静かなランチだった。

6

同日午前二時。

反町愛は分析室で一人、単純な作業を片手間にこなしていた。難しい部分は機械が判断し、機械が自動記録してくれる。人間は、それをときどき眺めていて、機械が怠けていないか、機械が異常な行動に出ないか、をチェックしていれば良いだけだ。しかし、そのためだけに、こうして深夜まで残って仕事をしなければならないのは、テクノロジィが未だ途上である証拠だろう。一部は残業手当が出るので文句の対象ではないものの、もちろん規定の限界などとっくに超えている。この過勤務の実態はときどき問題になるけれど、しかし改善される気配は今のところない。これはつまり、本気で嫌がっている人間が存在しないせいだろう。反町自身も、特に嫌がっているわけでもない。そもそも彼女は夜型なので、エンジンがかかってきた頃に終業するような勤務よりはむしろ効率が良い、とも思えるくらいだった。

チェックシートに最後のマークを付けてから、新しい煙草を箱から取り出して火をつける。コーヒーカップに残った冷たい液体を二口ほど飲んでから立ち上がった。

そのときだ。どこかで、もの音がした。

こんな夜中に何だろう、と反町は考える。

ラジオがかけっぱなしだったので、それを消してみたが、その後は、不審な音は聞こえない。しかし、今度は、ドアが閉まるような音が遠くから一度だけ聞こえた。近くではない。かなり遠く。相当大きな音ではないだろうか。

三時間おきに計測する必要があるので、二時間ほど仮眠してこようと思い、白衣を脱いでロッカに仕舞った。廊下へ出たところで、暗い通路の先で照明が灯るのを目撃した。このビルの照明は、通行人を感知して自動点灯するシステムである。通路の先は階段なので、誰かが階段を上り下りしているのだろう。ここは四階。下には三フロア。上にはさらに六フロアある。

自分もその階段で別のフロアへ行くつもりだったので、分析室のドアを施錠してから、のんびりとそちらへ向かって歩いた。階段室まで来ると、下から誰かが駆け上がってくる足音が大きくなりつつある。

反町はその場で立ち止まって待った。

踊り場に姿を現したのは、同僚の飯場《いいば》豊昭《とよあき》だった。

「どうしたの、遅刻？」反町は上から声をかける。

「うん、遅刻。でも、飛び降りだよ」

「飛び降り？」

「下で、大変だ。外科は先生、誰？」

「え？」

「緊急の電話は入れたけど」飯場はあっという間に階段を上がってきた。

「飛び降りって？」反町はきいた。「自殺？　ここで？」

「うん、女性だった」

「誰が？」

「いや、知らない」飯場は首をふった。「しっかりとは見てないし」

どこかでばたばたと何人かが走る音が聞こえる。二つ下のフロアだろうか。

「僕、計器のスイッチを入れてこないと。あとで、下へもう一度行くから」そう言うと、飯場は通路を走っていく。しかし、途中で振り返った。「反町さん、見にいかない方がいいよ」

「行かないわけにもなあ……」反町は言い返したが、その言葉は離れていく彼には届かなかったようだ。

当然ながら、放っておくわけにもいかない。なにか自分にできることがあるかもしれない。彼女は、すぐに階段を駆け下りていった。

二階の渡り通路から病院棟へ移る。既に照明が灯り、通路を慌ただしく看護師が行き来していた。一階に下りると、出口付近に十人程度の人間が立っていて、外を眺めている。

反町は、その間を縫って屋外へ出た。下っていくスロープの先。アスファルトの道路の中央付近に、さらに十数名の人間が立っている。半分は白衣姿だった。担架を待っているのだろうか。それとも専門医の指示で、その場でなんらかの処置をしようとしているのか。

進み出て、倒れている人物を見る。

若い女性だった。ほとんど仰向《あおむ》け。顔だけが横を向いている。頭の下から血が広がっているようだが、照明の関係でそれは黒っぽい色にしか見えない。髪は長く、今は顔の半分以上を隠していた。短いスカートを穿いていて、ハイヒールの片方だけが近くに落ちていた。

駄目だ、助からない、と反町は直感した。

長い静かな溜息をついて、自分をコントロール。

視線を逸らすつもりで見上げると、建物の外壁が垂直に空へ向かってそびえ立っている。屋上は十階の上だ。彼女が倒れている位置は、壁から十メートルほどの距離だろうか。反町がいた部屋は、右の方へ三十メートルくらい離れている。ここへ来る途中で下りてきた階段が、だいたい今いる位置に近い。

階段室の窓は開けられないので、飛び降りたのは途中の階ではなく、やはり屋上だろう。見上げたところでは、左右に離れた位置でも、開いたままの窓は見当たらなかった。季節柄、またこの時刻に、窓が開放されているところはないだろう。

「誰だ？」という囁《ささや》き声が何度か聞こえた。

誰だろう。反町も知らない顔だった。もっとも、髪に隠れているし、既に普通の顔ではない。額のあたりが少し腫《は》れ上がっている。これからもっともっと酷くなるはずだ。後頭部の頭蓋はおそらく陥没しているだろう。幸い目は瞑っていた。落ちた直後にはまだ意識があったかもしれないが、現在は、呼吸もしているようには見えなかった。救える可能性はかなり低い、というのが反町の観測結果だった。

通用口の方から担架を持った白衣の男たちが走り出てきた。その場を取り囲んでいた人間たちがぞろぞろと後ろへ下がって道を空ける。

「ちょっと難しいね」後ろで呟く声がした。

反町が振り返ると、そこに郡司《ぐんじ》教授が立っていた。医学部の教官で、病院内でもときどき見かける。専門は脳外科だ。

「あ、先生、どうされたんですか？　こんな時間に」

「いや、もう帰るところだったんだけど、駐車場まで来たら、この騒ぎだよ」

きっと長時間にわたるオペでもあったのだろう、と反町は想像した。

「あの子は、ちょくちょく見かける顔だな」郡司が小声で言った。飛び降りた女のことらしい。

「患者さんですか？」

「うーん、いや、違うと思う。患者さんの関係者じゃないかな」

ありそうな話だ、と反町は思った。しかし、病院の建物で飛び降り自殺とは迷惑な話ではないか。屋上のドアの施錠について、きっとまた注意がメールで回るだろう。以前にも同じ理由で問題になったことがあったのだ。飛び降りは初めてのことではない。

若い医師がやってきた。小さなペン型の懐中電灯を手に持っている。郡司がそちらへ歩み寄り、倒れている女性のすぐ横でしゃがみ込んだ。二人で小声で話をしている。二十秒ほどで結論が出た様子だった。郡司が頷くと、若い医師がさっと立ち上がり、他の者に頷いてみせた。白衣の男たちが四人で声をかけ合い、女を持ち上げ、すぐ横の担架に移した。これをさらに持ち上げて、アルミ台車の上に載せる。反町は数歩近づいて、その作業を見ていた。今まで女が倒れていた場所には、ハイヒールと血液だけが残っている。アスファルトが少し窪んでいるのではないか、と思えた。そこに血液が集まって水溜まりのようになっている。

遠くでサイレンが鳴っていた。警察だろうか。誰かが連絡をしたのだ。てきぱきと作業を冷静にこなせる人間がここには大勢いる。いちいち驚いていては仕事にならない。つまりは、毎日のことで普通の精神が麻痺《まひ》してしまっている、ともいえるだろう。自分もそんな擦り切れた人間の一人だ、と反町は思った。気持ち悪いとか、可哀相とか、ウエットな感覚は都合良く遮断されている。壊れたものが元どおりにどこまで復元できるか、そのテクニカルなメソッドだけが頭に思い浮かぶ。

担架は運ばれていった。残った者で、その場に人が入らないようにした方が良い、と話し合っていた。警察が調べにくるのだからそうするべきだ、という主張である。もっともな話ではあるけれど、ここを調べたところで、いったい何が得られるだろうか。最も大切なものは既に失われつつあり、その現場は集中治療室へ移っているのだ。そちらだって、大勢が時間をかけ、エネルギィを消耗して取り組んだところで、無駄になる可能性が高い。

しかし、やらないわけにはいかない。

そう、そういう役目なのだ。

警察だって、その点では同じことか……。
反町は場所を移動して、アスファルトの道路の端に立った。後ろは一段高くなってい
て、低い庭木の間を芝が覆っている。さらにその後ろはビルの外壁がある。近くの窓は
閉まっていて照明は消えていた。
半分以上の人間が、既に建物の中へ戻っていった。
ちょうど彼女の近くに、例のハイヒールのもう一方が落ちていた。拾い上げて持って
いくべきか、それともこのままにしておいた方が良いのか。たぶん、手をつけない方が
良いだろう。警察がそう言いそうな気がした。
黒いハイヒールだった。ロータリィの方角から届く光で僅かに表面のエナメルが光っ
ている。反町は膝を折り、屈み込んだ。横倒しになっていたハイヒールの中をなにげな
く覗き込んだ。茶色の靴の中のほぼ中央に、赤いものが見えた。
何だろう、と思ってさらに顔を近づける。
赤いものがある。
文字が、そこに書かれていた。
彼女は息を止めた。背筋に悪寒が走る。
それは、ギリシャ文字のθだった。

第3章　関連を模索する解決手法の妥当性について

最初の殉教者たちを石をもって打ち殺した人々は、自分たち自身よりも悪人であったに相違ない、と考え勝ちである正統のキリスト教徒たちは、これらの迫害者の一人が聖パウロであったことを想起すべきである。

1

西之園萌絵と加部谷恵美の二人が、反町愛の部屋を訪ねたのは、N大病院で女性の飛び降り自殺があった三日後の日曜日だった。薄暗い階段を三階まで上がり、北側に窓が並んだ直線の通路を歩いた。白衣を着た無表情の男と一度だけすれ違った。ここは病棟ではない。研究棟と呼ばれる建物である。西之園も、ここへ来るのは初めてだと話した。

「なんだか、国立っていうと、みんなこんな感じなんですね」加部谷は思っていることを口にする。「もしかして、イメージを統一しているとか」

「ん？　こんな感じって……」西之園がこちらを向く。「古いってこと？」

「ええ、暗いし、汚いし」

「うん、そうだね。まあ、器だけのことだから」

「器？　ああ、建物は器ですね」

「着ているものも、それから、人の躰も」

その意見の本質を認識するのに多少時間がかかったものの、なんとか理解できたような気がする。ノックをして待っていたら、ドアを開けたのは反町愛本人だった。

「あ、来た。ホントに来やがったなぁ」反町が優しい笑顔で言った。事前に西之園が電話をかけていたから、突然の訪問ではない。「お子さま連れで」

かちんと頭の中で音がしたけれど、加部谷は笑顔を保持した。招き入れられた部屋は、木製の書棚に囲まれたスペースで、南側は天井まで窓。しかし、すべてブラインドで覆われ、天井の蛍光灯が白く六本も光っていた。部屋のほぼ中央に大きなテーブルが置かれていて、それだけがやけに真新しい。その周囲にキャスタの付いた椅子が並んでいた。反町はそこに座るように二人に促《うなが》した。

「早いな。どこから聞きつけた？」シンクとガスコンロがあるコーナへ行きながら、反町が言った。「やっぱり、警察?」

「そう。ここへも来たでしょう? 近藤さん」西之園が答える。

「近藤ねぇ……。うーん、名前なんか言わないから」

「若くて、童顔の」

「顔が丸くて、丸いメガネ?」

「その人その人」

「ああ、あいつか。なんか、頼りない刑事さん」反町は食器棚からカップを出してから振り返った。「さっそく萌絵んとこへ相談にいったたってわけか」

「こればっかりは、相談されてもねぇ……」西之園は脚を組み、腕組みをする。「こっちだって、なにも情報はないわけだし。もちろん、専門ってわけでもないし」

「専門じゃん」

「どうして? 密室でもなんでもない。うーん、どこをどう考えていけば良いのかさえ、さっぱり」

「へえ」コンロの前に立っている反町も腕組みをしていた。彼女は白い歯を見せて笑った。「あんたでも、そういうこと言うんだ」

「四人めですよね」加部谷は西之園の隣に大人しく座っていたが、我慢できずに口をきいた。「しかも、全然関係がなさそうな四人。男、女、男、女、と交互ですし」

「この次は、男？」片目を細めて反町が言う。「偶然なんじゃない？」

「今回は、靴の中だったって聞いたけれど」西之園が真面目な表情で言った。「ラヴちゃん、見たんでしょう？」

「見たもなにも、僕が第一発見者だがぁ」

「口紅の分析もしたのね？」

「たたみかけるような質問」ふんと鼻息を鳴らして、反町は背中を向けた。

しばらく沈黙。

反町は、湯沸かしポットからお湯をカップへ注ぎ入れている。加部谷は立ち上がって、そちらへ近づいた。

「あ、あの、私がやります」

「え？」反町がこちらを向き、加部谷を睨みつける。「ああ、いいいい。気にせんといて。珍しい子。日頃、虐《しいた》げられとるわけ？」

「いえ、そんなことありませんけど」

「女だからって、お茶とか出したらいかんよ。受付もしちゃ駄目、花束贈呈も拒否だ」

「ここでは、私が一番若いです」

「あぁ、まあそうね。うん、じゃあ、やってもらおっか」反町はにっこりと笑った。

「あと、入れるだけだで。お砂糖はそっちあるでね」

「はい」

反町は、テーブルの方へ歩いていき、西之園と対面する場所に腰掛けた。

「お嬢様、まもなくお茶がまいります」

「どうもありがとう」西之園は澄ました声で頷いた。「続きをお話しになって」

「うーんと、口紅は、今度も同一のものだった」反町は煙草を箱から取り出しながら言った。「それだけ」

「躰じゃなくて、靴の中に書かれていたんですよね？」加部谷はきいた。

「そう。それも、片方だけ。えっと、右だったかな」

「身元はわかったの？」西之園が尋ねた。

「この近くの人」反町は答える。「以前に何度か、病院に働きにきとったらしい。半年くらいまえだって。でも、最近はあまり見かけなかったとか。僕は全然知らんかった」

反町は煙草に火をつけてから、首をふった。

実はその話も、加部谷は事前に西之園から聞いていた。西之園は、近藤刑事から電話で聞いたらしい。知っているのに反町に尋ねているのである。そうか、こういうふうに振る舞わなければならないのか、と加部谷は一つ学んだ気がした。

死亡した田中智美《たなかともみ》は、N大病院の近所で、母親と二人暮らしだった。以前に、非常勤事務員として病院に雇われたことがあったので、院内では彼女を知っている者が多い。

当日、昼頃に田中は家を出ている。夕方には戻ると母親に話したそうだが、夜になっても戻らなかった。そういったことは珍しいことだったが、過去にも幾度かあったので、母親はそれほど心配はしていなかったらしい。彼女が家を出たあとの足取りはまったく不明である。深夜に病院へやってきて、屋上まで上がって自殺をしたものと推定されているが、遺書などの、自殺を確定するような証拠品はなにも残されていない。屋上のドアの鍵は、ナースステーションの所定の管理場所にあった。いつどうやって鍵が開けられたのか不明だ。そもそも、鍵の管理体制が、不充分である、との見方が院内でも多く聞かれた。調査中であるが、前日の午後には、鍵はかかっていた、という情報も一部から得られている。

紅茶のカップをテーブルに三つ運んでから、加部谷はまた西之園の隣に座った。大人しくしていよう、ともう一度心に決めて、呼吸を整える。

「うーんと、一つだけ、新しい情報があるよ」反町は煙を吐きながら話した。「萌絵の判断で、もし必要だったら、警察に話して。昨日の夜、聞いたばかりなんだけど……、隣の部屋にいる同僚がさ、その田中って人を覚えていて、それで、ほら、萌絵からきいた、一人めの人のパソコンにθ関係のものがあったっていう話を私がしていたらね、そういえばって、そいつが思い出したわけ。半年以上まえだけれど、なんだか、シータがどうのこうのって、そんな話を田中さんから聞かされたことがあるっていうわけだ」

「どうのこうのって、そう言ったの？」西之園が尋ねる。

「うん、そう。そのまま。そのときは、新興宗教だろうかって、気味が悪かったから、深入りしなかったって……、あ、そうか、そいつ今、呼んでこようか？」

「あ、もし良ければ」西之園は即答した。

「ちょっと待っとってな」反町は立ち上がり、部屋から出ていった。灰皿に煙草が燻《くすぶ》ったまま残っている。

「いよいよなんかリンクしてきましたねぇ」カップを持ち上げながら加部谷は言った。

「そう？　リンクしてるかしら？」西之園は窓の方を眺めながら溜息をついた。その窓の下が、田中という女性が落ちた場所である。「そもそもね、どうしてリンクなんてするのかな。それが不思議」

加部谷は考えたが、西之園の言った意味がよくわからない。

「集団自殺みたいな感じじゃないですか？」加部谷は意見を言う。

「集団自殺って、ヒステリィみたいなものだよね」

「よく知りませんけれど、たまにありませんか？　ニュースなんかで」

「うん、外国だとかなり大勢っていう例もあるみたいね。そう、確かに宗教的な背景があるような感じには思える。でも、基本的に、そういうのって、同時に死ぬのが普通でしょう？」

「同時だし、同じ場所ですよね」

「そうそう」西之園は頷き、こちらへ顔を向けた。「θというマーキングに、それを補完する意味合いがあるのかしら」

「補完？」

「うん、それを書くことによって、空間と時間を超えて、リンクされる」西之園が真面目な顔で言った。冗談ではなさそうだ。

「でも……、口紅は？」加部谷はきいた。

「そう。そこがよくわからない。どうして、同じもので書かなくてはいけないのか」

「ですよね……」加部谷は長い息を吐いた。「口紅に、そんな、特別な意味があるとも思えないし」

2

通路から足音が聞こえ、ドアが開いた。反町愛がつかつかと入ってきて、なにごともなかったかのように灰皿の煙草を手に取り、それを吸った。しばらく遅れて、また足音が近づき、戸口にメガネの男が顔を出した。

「あ、どうも」首を前に出して、男が言う。

「飯場君、ここに座って」反町が片手で隣の椅子を示す。「こちら、西之園さんと、それから……」

「加部谷です」

「そうそう、加部谷さん。見たらわかると思うけど、警察じゃないでね。でも、事件のことで話が聞きたいって」

「西之園さんって、もしかして、あの西之園さんですよね？」飯場の目が大きくなった。「凄い。うわ、本ものですか？」

「何言っとんの、君は」反町が言う。「ちょっといいから、来なさいって」

頭を何度か下げて、彼は椅子に腰掛けた。

「こいつが飯場君」反町が西之園に紹介した。彼女は、飯場を横目で睨む。「君、解剖にも立ち会ったんだよね？　えっと、郡司先生だった？」

「あ、ええ」飯場はきょとんとした顔つきで頷いた。

「解剖って、誰の？」西之園が尋ねる。

「だから、最初に自殺した人。名前忘れたけど」反町が答えた。彼女は飯場を見る。

「額にさ、例のθがあった人だよね？」

「そのときは、特段、気にしてませんでしたけどね」飯場が話す。

「気にしていなかったというのは、額のθのことをですか？」加部谷が尋ねる。

「ええ、そうです。これ、何だろうって、感じでしたけど、まあ別に……、死因には関係がないし、そんなに、重要とは思えませんでしたから」飯場が苦笑いする。

「誰が見つけたんですか？」西之園が尋ねた。「郡司教授ですか？」

「えっと、見つけたのは、警察の人ですよ。ここへ運んでくるまえのことです。郡司先生が見つけたっていうのは、二人めの、えっと、看護婦さんですよ。手に書いてあった人。あのときは、確かにね……、ええ、少し不鮮明でしたし、ちょっと見たくらいではわかりにくかったかもですね」

「三人めのときは？」西之園がきく。

「三人めは、僕は知りません。うちでやったとは聞きましたけれど」

「やっぱり、郡司先生が？」

「ええ、それはそうです」

「足の裏でしたよね。見つけたのは？」

「さあ……、どこで解剖をしてたのかも、知りません」飯場が答える。

「で、そのあとすぐ、口紅の分析依頼がうちに来たんだよね」反町が言った。

「それで、ラヴちゃんがN大へ測定をしにきたのね」西之園が言う。「いつも、警察からそういうの、頼まれる？」

「違うよ。私じゃなくて、本当は飯場君がやるはずだった」彼女は隣の飯場を見た。

「そもそもは、どこへ来た仕事?」

「うん、よく頼まれる。窓口は、やっぱり郡司先生かな。でも、だいたい僕がやることになるね。だけど、反町さんにもできるってことが、今回わかったわけだから、次からそちらへ回すよ」

「やめて、お願い。私はやりたくない」反町が首をふった。

「なんだ、そうなの? 良いバイトだって思うけどなあ」飯場が不思議そうな顔をする。

「郡司先生っていう方は?」西之園が首を傾げる。

「教授」反町が即答する。「めちゃくちゃ偉い人。そうだ、このまえの彼女、田中さんのときも、郡司先生が直々に診られたんだよね。ちょうどさ、あのときいらっしゃったから」

「それじゃあ、四人とも、郡司先生が検屍をされているわけね?」西之園が尋ねる。

「いや、正確には……」飯場が答えた。「このまえの田中さんのときは、検屍はうちじゃない。また別のところ。だから、三人だけですね」

「実際に、その先生がメスをとられるわけ?」西之園は反町を見てきいた。

「いえ……」反町は飯場を見る。「どうなの?」

「大御所ですからねぇ」飯場は答える。「内緒ですけれど、本当のところ、実際には、口で指示をされるだけの方が多いですね。もうご高齢ですし」

「おいくつくらいなんですか？」

「あと三年でご退官ですよ。ですから、六十歳かな」

「あの……、質問があります」加部谷は片手を軽く立てて、話に割り込んだ。「二人めの人、看護婦さんですよね。その人は、この病院には関係がありますか？」

「あ、いえ……」答えたのは西之園だった。「それは、私も警察にきいた。まったく無関係らしいわね」

「だと思いますよ」飯場が答える。「うちの関係者ならば、うちへ持ってくることはないでしょう」

飯場が言った意味を、加部谷は考える。つまり、自分たちの知り合いの場合は、解剖をしない、という意味だろうか。四人めの田中という女性が、この病院の関係者で、別の場所で解剖された、とも聞いたばかりである。私情が入ってはまずいという意味だろうか。暗黙の規則があるのかもしれない。

「少なくとも、四人のうち三人は、病院の関係者じゃありませんか？」加部谷は言う。

「二人めの方が、看護婦さんで……」

「四人めは、田中さん。うちの非常勤事務員だった」反町が言葉を続ける。「それだけじゃない？　あとの一人は？」

「三人めの人が、建設現場の監督をしていたんですけれど、その建設中の建物が、病院でした」加部谷は説明する。

「ああ、そういうことか」反町が少し微笑む。「それくらいの関連ならば、探せばどこかにはあるんじゃない？　どんな人間でも病院に少しくらいは関係してると思うな。一人めの人って、何しとった人だったっけ？」

「引越のバイトね」西之園が答える。

「そいじゃあ、病院の引越の仕事をしたあとだったかも」反町が加部谷を見て微笑んだ。「ありそうじゃん」

「病院関係で、θといったら、なにか思い浮かぶもの、ありませんか？」加部谷はきいた。

反町と飯場は顔を見合わせる。

「全然」反町は首をふった。「思い当たるふしなし」彼女はまた飯場の方を向く。「そうそう、で、君から昨日聞いた話になったっちゅうわけだ。説明したげて」

「え、何のことです？」飯場が眉を寄せる。

「田中さんが、θがどうのこうの言っとらしたってやつだがね」

「ああ、なんだぁ」飯場が頷き、西之園と加部谷の方を向いて微笑んだ。「別に大した話じゃありませんよ。たまたま、そういう話を、田中さん本人から聞いたことがあったのを思い出しただけです。えっと、まだ、彼女がこちらで非常勤をしていたとき、経理の書類を持っていったときかなぁ、事務室で彼女と話をしたんです。えっとね、コンピュータのことで、何だったかなあ、とにかく相談を受けたような……。エクセルじゃなかったかな。不具合があって、いつもと違う設定になってしまった。これを直すにはどうしたら良いのか、というような感じですね。で、そのとき、彼女のパソコンの画面を僕は見たわけですよ。そうしたら、その、バックグラウンドに、大きなθの一文字がぁったんです」

「バックグラウンドって、画面いっぱいの壁紙のことですか?」加部谷はきいた。

「そうそう、それ」飯場は頷く。「普通、アイドルの写真とかにしているでしょう?」

「そういう奴の方が珍しいわな」反町が言った。

「で、なにか意味があるのかなって、ちょっと不思議に思ったから、田中さんにきいたんですよ、これ何って。そうしたら、シータだって。いや、シータはわかるけど、なにか意味があるのって」飯場は言葉を切った。西之園と加部谷の顔を窺い、一度短い溜息をついた。「そうしたら、えっと、これは、私が信じている神様の紋章だって」

「紋章?」西之園がすぐに尋ねた。「そう言ったんですか?」

「いや、わからない」飯場は首をふった。「何と言ったのかまでは、はっきり思い出せないんです。神様って言ったかどうかもわからない。信じているものだったか、信じている人だったかもしれないし。それに、その人のマークっていったか、その人の名前っていったかもしれないし。とにかくですね、僕は、ああ、なんらかの宗教なんだなって、そういう印象を持ったんです。で、彼女はもっと話したそうでしたけれど、もうこちらは、気持ちが完全に引いてしまって、コンピュータの操作をしているだけで、適当に相槌《あいづち》を打って、田中さんが話していることを聞き流していたんです。僕、駄目なんですよ、ああいう非科学的なもの、一切生理的に受けつけないから」

「一人めの人も、パソコンにθが残っていたんでしょう?」反町が言った。「同じじゃん」

「そっちも、壁紙だったんですか?」飯場が尋ねた。

加部谷は西之園を横目で見た。彼女が頷いたので、簡単に説明することにした。友人が、自殺した早川が使っていたパソコンを調べ、シータという名前がつくインターネット・サイトに、早川がアクセスしていたことを突き止めた、という内容である。

「ふうん」反町が大きく頷く。彼女も詳しくは知らなかったようだ。「気持ち悪う……。てことは、何? ようするに、θちゅうのは、インターネットのカルト集団の合い言葉かいな」

「もしも、関係があるとすると、そういう可能性が一番高いように思います」加部谷は努めて真面目な口調で話した。「パソコンの初心者という共通点も、最初の人と最後の人にあります。二人めと三人めも、調べてみたら、同じようなことが見つかるかもしれません」

「警察には、これ、話した方がいい？」反町が尋ねる。彼女は西之園をじっと窺った。これというのは、つまり、田中のパソコンのθの文字のことだろう。

「うん、話しておく」西之園は少し遅れて頷いた。「私としては、今一つ納得がいかない感じではあるけれど、でも、見過ごすことはできないし、やっぱり、ちゃんと調べてもらって、可能ならば再発を防ぐ方が良いでしょうね」

「まあしかし、自殺する奴ってのは、手を替え品を替え、いずれはやってくるって気がするけどな」反町が顔をしかめる。

「あ、僕、もういいかな」飯場が腰を浮かせる。

「あ、ごめんごめん、ありがとう」反町がそちらへ顔を向けて、両手を合わせた。

彼は、西之園に頭を下げてから、部屋を出ていった。自分の方へは視線が向けられなかったことに、加部谷は僅かに落胆した。西之園萌絵が隣に座っていては、しかたがない。引力が大きすぎる。

「まあ、そういうわけだわさ」反町が肩を竦《すく》めて言った。「萌絵に話して、僕としてはお終いにしとこ」

「まず、一番の問題点はね……」西之園が難しい顔で話す。「どうして、口紅が同一のものなのかってこと」

「そうそう、そうですよね」加部谷はうんうんと頷いて背筋を伸ばした。あと二秒したら、それを言おうと思っていたところだったので、思わず力が入ってしまった。「口紅を使って書かなくちゃいけないという決まりがあったとしても、まさか、口紅の色とか、どこの化粧品メーカのどの製品かなんて、そこまで指定するなんて、ありえないと思います。どう考えても、ちょっと信じられません」

「いやいや……」反町が片手を前に出して立てる。《待った》のジェスチャである。「だからね、同じカルト集団に属していたらしいということがわかった以上、四人の自殺者は、お互いに顔見知りであって、どこかで会っていたわけだ、という推測ができるってこと。となると、いついつまでに誰が自殺をして、というスケジュールも話し合っているだろうから、そのときに、じゃあ、同じこの一本の口紅を使って、教祖様の名前を書いて、信者としての、えっと、なんだろう、シータ命！　みたいな、そういう忠誠心？　それを示そうよってことになったのだな。わかる？　無駄死にはしない。教祖様の名を世に知らしめるために、自分たちの命を捧げましょう。そのためには、同じ口紅を使って、自分たちの結束力に、いずれは警察が気づいてびっくりする、なんて状況を想像してたんだがね。たぶん、同じ口紅を使って、つぎつぎにバトンタッチするみたいに、手渡していったんだと思うな」

「うーん、凄いね、ラヴちゃん」西之園が顔の前で無音で手を叩いた。「推理がもの凄く具体的」

「だろ?」反町が顎を上げる。

「でも、いつから教祖様の名前になったわけ?」西之園が微笑んだ。

「そうか。でも、そうやって説明されると、なんか、そういうのありそうに思えてきちゃいますね」加部谷は頷き、素直に感心した。反町という人物が自分の中でランクアップしたことは間違いない。「となると、今現在は、その口紅、五人めの人が持っているってことになりますね」

「えっと、一つ良いかしら?」西之園が顔を微妙に傾け、目を細めた。「そういうことだとしたら、同時に四人が、同じ場所で死ぬのが普通のように思える。やっぱり、その方が、教祖の名前を世間に広げる効果はずっと高いはずでしょう?」

「それは、まあ、じわじわと、少しずつっていうのが、一種の演出なんじゃない?」反町が言った。

「あ、そうか!」加部谷は突然思いついた。

反町と西之園が自分の方を同時に向いたので、彼女はその視線を受け止め、思わず微笑んでしまった。

「何?」反町がきいた。

「あの、つまりですね、世間に広く知らしめるのではなくて、むしろ、世間にはあまり知られたくないんじゃないでしょうか。普通の人がニュースで聞いても、ピンとこないくらいの状況にしたかったんですよ」

「わからんこと言うなあ」反町が眉を顰める。

「世間じゃなくて、知らしめたい相手が、別にいるんです。ライバルのカルト集団とか、うーん、それとも、あそうだ、暖簾《のれん》分けして飛び出してきた教団が、総本家に対する意地でやったとか。ようするにですね、θってマークを示せば、それだけでわかる人間がいて、すべては、その一部の人に知らしめるための行動なんです」

「うん、少しだけリアリティがアップした感じはするけれど……」西之園が首を傾げる。「でもね、それだと、同じ口紅を使う意味ってあるかしら?」

「うーん、そうか……、うーん、となると、やっぱり」加部谷は顎を引き、息を殺した口調で話した。「これは、私が最初に睨んだとおり……、自殺じゃない、という方向へ考えていくしかない、という状況ではないでしょうか」

「あらま、最初から、睨んどったの、君は」反町が目を丸くする。「じゃあ何? このまえのうちであったやつも、誰かが、あの人を突き落としたって言いたいわけ?」

「ま、そうなりますね」加部谷は頷く。

「うわあ、それはかなり恐いな」反町が腕組みをして椅子にもたれかかった。「やめてほしいわ、そういうの」

「いえ、私が話すのをやめても、考えるのをやめても、殺人者には無関係ですから」加部谷は指摘した。

反町は、じっとこちらを睨みつけてから、にやりと口もとを緩めてから言った。「面白いこと言うな」

「そうね、たしかにその場合は、θのマーキングも、口紅が同一である意味も、ずっと理解しやすくなる。ようするに、シリアルキラってことだよね」西之園が話した。「おそらくは、自分とはなにも接点のない、無作為に選んだ無関係の人間を次々に襲って殺している。でも、同じ一人の人間が殺したという証拠を残しておきたい。自分の存在に気づいてほしい、という心理から、サインを残す……。ただ、その可能性だと、ケースとして珍しいのは、自殺に見せかけている点かな。普通は、そういった異常な人間は、自分の力を誇示したいわけで、もっと残忍な殺し方をする例の方が多いと思うわ。高いところから突き落として、なんていうのは、例がないはず。もっとね、死んだところを身近に感じたい。死んだ人間に触りたいって考えるはずなの」

「あぁあ、ちょっくら頭が痛くなってきた」反町が言った。「どうもな、萌絵が言うと、余計に恐いんだよなあ、そういうの……。なんでだろう？　まえからそうなんだよ。ギャップが恐い。このお嬢様の雰囲気と、その死体どうこうのギャップが恐い。ああ、駄目だ」

「そうですか？」加部谷は言った。「私は素敵だと思います」

「あらら」反町が加部谷を横目で睨んだ。「それはね、倒錯っていうんだと思う。気づいとる？」

「盗作ですか……、あれ？　誰の？」

3

久しぶりに西之園萌絵の白いスポーツカーに、加部谷恵美は乗せてもらった。午後三時にC大に到着。西之園は研究室へ、加部谷は製図室へ向かうため、二人はロビィで別れた。車の中では事件の話はまったく出なかった。頭では考えていたのだが、どうも言葉にならない。なっても同じ言葉だ。同じ疑問がぐるぐる回っているだけ。一方、西之園が話しかけてくるのは、世間話というか、世間を超越した内容だった。西之園家の話をきき出そうと試みた数分でもあったが、それは悉《ことごと》く失敗に終わった。犀川助教授のこともそれとなく尋ねてみたけれど、新しい情報は何一つ得られなかった。その方面の防御が不思議に固いのは何故だろう、と加部谷は考えた。幸せを一滴も外に漏らさないようにしているのか、それとも、もうとっくに破局しているのか……、いずれかではないだろうか。

　製図室は閑散としていた。課題の〆切が過ぎ、講評も終わっていたからだ。三人、クラスメートの姿が奥に見えた。おしゃべりをしている様子である。

「海月君見なかった？」加部谷はそちらへ声をかける。

「見ない見ない」笑いながら首をふられた。先日学内のマラソン大会で準優勝した富山《とみやま》である。「僕らにはさ、見えないんだよ、あいつの姿が……」

　透明人間みたいな言われ方だが、しかし、的を射ている気がした。

　次に、加部谷は図書館へ向かった。順当なコースである。そこで発見できる可能性は約六十パーセント、と見積もりながら。

　閲覧室の奥の定位置に、海月及介の姿を発見した。大きな図鑑のような本をテーブルに広げている。これもだいたいいつものことである。近づいていっても、まったく顔を上げない。すぐ後ろに立つと、本の臭いだろうか、仄かに黴《かび》くさかった。海月自身が黴くさい、という可能性も捨てきれない。

　閲覧室は人が少なかった。しんと静まりかえっている。自分がここへ来たことに、海月が気づいていないわけはない。彼女は決心をして、しばらく黙っていることにした。

　沈黙。

　だが、だんだん我慢ができなくなってくる。酸素が足りない、呼吸が苦しい、というのに似た症状だ。三十秒くらいで溜息が出た。

「横に座っていい？」根負けして加部谷はきいた。

こちらへ顔を向けようともせず、黙って、掌を上にして左手を出す海月。どうぞご勝手に、というジェスチャだろう。声くらい出せよ、と加部谷は思ったが、舌打ちも我慢して、椅子を引いて腰掛けることにした。

「こんにちは」話しかけてみるが、もちろん返事はない。期待もしていない。彼女は両肘をつき、両手の上に顎を預けた。なるべく首に応力をかけないようにしていれば、首が長くなるかもしれない、と小さい頃に考えた。それを思い出した。「あのね、今、西之園さんの車に乗せてもらってきたんだよ。凄いよね。で、どこへ行ってきたと思う？」少し間を取ってみるものの、もちろん、返事も頷きもしない海月を、彼女は予想している。「西之園さんのお友達で、N大の医学部の人んとこ。えっと、鶴舞《つるまい》のキャンパス。知っている？　でね、その、反町さんのとこなんだけれど、四人めの飛び降り自殺が、このまえそこであったわけ。反町さん、飛び降りのすぐあとに、そこへ見にいって、靴の中に書かれていたθのマークもね、反町さんが発見したんだよ。死んだのは田中さんっていって……」

「聞いたよ」海月がこちらを向いて一言。「山吹から」

「あ、そう……」見つめられたので、加部谷は少々怯む。顔が五センチほど後退していた。「それじゃあ、えっとぉ、新しいことだけ話すけどさ、その田中さんが、パソコンの画面に、θのマーク入りの壁紙を張っていて、それが信じている神様だ、みたいなことを話していたの」

「誰に？」海月が質問する。顔はもう本を向いているので、彼の横顔を彼女は見ている。彼が話すと、その顎のラインが動く。

「ああ、えっと、反町さんの同僚の男の人だよ。その人ね、そうそう、検屍の解剖を依頼された教授の下にいる人で、えっと、その教授は、名前が、うーんと、郡司先生」

「ああ、知っている」

「え？　どうして知ってるの？」加部谷は驚いた。「なんで、なんで？」

「たまたま」海月は頭を上げて、こちらを向いた。「有名な人だよ。脳外科だろ？」

「あ、そうかな。ふうん、有名なんだね」

「N大医学部の教授といったら、みんな有名だよ」

「そういうもん？」海月が話に乗ってきたので、加部谷はしてやったりと思った。なんとかこの勢いを保持して、事件に関して海月の意見を聞き出したいものである。「とにかく、四人に共通することは、θのマークと、それを書いた口紅が同一のものだってこと。今までは、これだけだったわけ。警察だって、それくらいじゃあ、調べようがないよね。でもね、ここへきて、どうやら、パソコンを使ったカルト集団の影が見え隠れしてきたってとこかしら」

「見え隠れ？」

「あれ、おかしい？　うーん、垣間《かいま》見えるっていえば語弊《ごへい》がないかな。あるいは、ようやく、ミッシングリンクの全体像がぼんやりとだけれど見えてきたっていうか」

「ミッシング・リンク？」

「ミッシングリンク、ミッシングリンク。あれ？」加部谷は必死に考える。海月にまた見据えられたため、顔の表面温度が上がっている気がした。「ミッシングリンクっていうのは、そうか、そもそも、リンクしているはずなのに、それが見当たらない、どういう関係があるのかが見えないってことだから、使い方が逆だったか、はは……」

海月は一度視線を逸らしたが、また横目で彼女を一瞥した。加部谷は笑っていた息を止めた。

「つまり、でも、少なくとも、θのマーキングの意味は、わかりそうじゃない？　手がつけられるレベルになってきたっていうか……。うーん、つまりは、集団自殺だってことだよね。なんか、嫌だな。きっとまたマスコミがさ、インターネットで連《つる》んで死んだって報道するんじゃない？　別に、インターネットがあるから自殺したんじゃないのにね。いつの世にも、悩み多き年代ってのはあるのよ。感受性が強いって証拠なんだと思うな」

「自殺者は、年齢が高いほど多い」海月が無表情で言った。

「え？　嘘」

「未成年者は圧倒的に少ない。老人の自殺者に比べれば、無視できるくらい少ない」

「へえ……、そうなの？　それ、統計？　調べたの？」加部谷は溜息をついた。「あ、そう……、そうか。そういわれてみれば、周りであんまり聞かないもんね。自殺する人って、どれくらいいるのかなあ」

「一年に数万人程度」

「一億人で数万人ってことは、一万人に数人だから、大学の中だと、一年に一人か二人ってとこ？」

「インテリの自殺率は高いから、大学だと、もう少し多いだろう」海月が下を向いたまま言う。「しかし、珍しい死に方ではない。少なくとも、交通事故で死ぬ人間より一桁多い」

「へえ、そうなんだ」加部谷は頷く。「でも、せっかくの命を粗末にするっていうのは、どうかと思う。自分の力で生まれたわけじゃないんだからね……、うん。まあ、でも、逆にいえば、生きている権利があるように、生きることを好きなときにやめる権利があるっていう主張もあるわけだよね、きっと。あ、ほら、自己破産みたいなものじゃない。もう、やめますっていう……。そう考えると、自分で死ぬことくらい、許してあげても良いかなっていう、うん、そんな場合もあるだろうね。そう、どっちともいえないなあ……」

海月は本に視線を落としていた。返事がない。馬鹿な友人に適当に情報を与えて、もう会話は終了した、ということかもしれない。

「いや、あの、そういう話じゃなくって……、えっとぉ……。なんだったっけ」

「そういう話だと思う」海月が言った。顔を上げず、こちらを見ているわけではない。小声だが、聞き取りにくい発声ではなかった。そもそも、彼のしゃべり方は歯切れが良く、言葉も滑らかなのだ。

「どういうこと?」

「自殺を止めなければならない、という大いなる動機から、原因といえるかもしれないカルト集団に踏み込む選択もありえるだろうけれど、それは彼らの権利に対する侵害である、という立場もまた、成熟した社会ならば当然存在する」

「そうだよね。周りの人に危害を加えているわけじゃないものね。多少その、迷惑をかけているかなって気はするけれど……。うん、どうも宗教的なああいう集団っていうと、胡散臭い感じがして、何をしたいのかわからない、放っておいたら危険かもっていう認識が社会にあるんじゃない? マスコミもそういう雰囲気で取り上げるでしょ? 現に、毒ガスなんか作っていたところもあったわけだし、早く警察が踏み込んで、取り押さえてほしいって、やっぱり周辺住民は考えると思うなあ、えっと……、何の話だっけ？」

「法治国家の内部に、そういった集団がいるときは、警察や軍隊が踏み込んで制圧するけれど、では、それが国家の外にいたら、どうだろう？　加部谷はどう思う？」

「え？」突然のことで彼女はまた五センチほど後退した。海月から名指しで質問を受けるなんて、滅多にあることではない。これは光栄なのか、それとも藪蛇《やぶへび》なのか、どちらだろう。鼓動が早くなっているのがわかった。一瞬にしてテンションが増す。「ううんと、えっとぉ、国家の外っていうのは、何？　どういうこと？　日本の外だって、どこかの国の中なんじゃない？」

「つまり、その集団が、国家そのものだったりしたら」

「あ……、あぁあ、なるほどねぇ」口を開けてから頷いた。「軍事国家みたいなところのこと？　ミサイルとか化学兵器を作っていたりする」

「あるいは、テロの集団。地理的には国の中にいても、事実上は、どの国家にも属さない」

「そうか、なるほど、そりゃ難しいなあ」顔をしかめる。こういう話がしたかったわけじゃないの、と思った。こういうときに、きっと冷や汗ってやつをかくのだろうな、と彼女は余計なことを考える。「でも、とにかく、戦争はやっぱりいけないと思う。だって、なんだかんだいっても、殺し合いでしょ？　やっぱり、最後まで平和的に交渉をして、お互いに共存する道を見つけていくのが人間の知恵だと思うわ」

「そうだ。その危険な国が遠くにあるときは、みんなそう言う。しかし、自分の町の中に危険そうな集団がいると、警察や自衛隊に踏み込んでもらいたい、と懇願するんだ」

「ああ……、でも、それって違わない？　警察が踏み込むのと、軍事介入するのは、同じじゃないと思う」

「どちらも、武力をもって制圧する行為だから、差は小さい」海月が言った。彼はずっと下を向いたままだった。口調もまったく変わらない。熱くなって力が入っているのではなく、まったくその反対で、淡々と人ごとのように語っている話し方だった。

「じゃあさ、海月君は、どうすれば良いと思う？」加部谷は反撃に出ることにした。

「君の意見を聞かせて」

「意見なんかないよ」海月は即答し、顔を上げて、こちらを向いた。「どんな場合にも適用できる共通的なルールもない。法律を定めることも不可能だ。つまり、ケースバイケース、その都度、考える必要がある、というだけだ。ただ、自分の身近であるかないか、という判断を、できるかぎり排除して、客観的な視点に立つ必要はあるだろう。それでちょうど良いくらいになる、という意味だけど」

「ああ、うまいこと言うなあ。そうそう、それだよね、ケースバイケース」加部谷は頷いた。「でさ、まぁ、それはそれとして、今回のθ絡みの事件なんだけれど……。もしも、もしもよ、これが自殺じゃなかったとしたら、大問題だと思うわけ。そうでしょう?」

「ああ」

「つまりね、集団自殺を装った、実は連続殺人だ、という可能性。私はね、その可能性が否定できないって睨んでいるんだけれど」

「どこを?」海月がきいた。

「え? どこをって?」

「どこを睨んでいるのか、という疑問」

「ああ、そういう意味か」加部谷は天井を見上げた。「やっぱりねぇ、あれしかないじゃない。θの文字が問題なんだけれど、う〜ん、つまり、集団自殺だったら、あちこち違う場所にマークをつけたりしないで、全員が、額だったら額に書くって決めると思うの。そうでしょ? だって、同じ口紅を使うってことまで決めたんだよ。そこまで統一したのに、肝心のマーキングの場所が不統一っていうのが、もの凄く変だと思うわけ」

「そこから、どう結論へ結びつく?」

「ん? えっとね……」加部谷は大きく息を吸い込んだ。酸素を大量に摂取して頭脳を活発化させようという本能的な動作だろう。「う〜ん、なんていうか、まあ一種勘かもしれないんだけれどね、うんと、本当はさ、同じ場所に書きたかったんだよね」

「そうか、つまり、自殺ならば、当然そうするだろうところを、他殺だったために、なんらかの理由で、同じ位置に書けなかった、と言いたいんだね？」

「あ、そうそうそうそう！　そうなのそうなの。凄いじゃない、海月君、どうして私の気持ちがわかるの？」

「図書館だから、もう少し静かに」海月が言った。

加部谷は周囲を見回した。閲覧室の何人かが、こちらを見ていたが、加部谷の視線を避け、顔を下に向けた。これって、もしかして恥ずかしい状況か、と自問したが、そんなことよりも、海月とのコミュニケーションが成立したことによる喜ばしさの方がずっと優っていた。

「そうそう、あの文字は、死んでから、つまり殺してから書いているのよ。だから、高いところから突き落として、落ちたときの姿勢や状況で、躰のどこに書けるのかが、違ってくるじゃない。あまり、動かしたりできないでしょ？　不自然になるから」

「そうかな」

「それとも、たとえば額だったら、血で濡れていて、文字が書けないとかだったかもしれないし」

「そういう可能性がある箇所は、最初から避けるべきだったね」

「そうそう、そうだよね。でも、そこまで頭が回らなかったのね、きっと。最初は、インパクトがあるから額のど真ん中にしてみたわけよ。ところが、二人めのときは、そこに血がついていて書けなかった。それで、手のひらに書いたってこと」

「次は？」

「そうなるともう、毎回違う場所に書くというルールにしようって変更案を考えたんじゃない？」加部谷が考えながら話した。しかし、自分でもその仮説の説得力が疑わしく思えてきた。「で、次は足の裏にして……、その次は、靴の中にしたわけ」

「靴っていうのは、ルールからかなり外れているね」

「やっぱり、書けなかったんじゃないかなぁ。肌が露出している服装じゃない場合だと、顔か手くらいしか、躰には書けないよね」

「三人めのときは、靴下を穿いてなかった？」

「あ、そうか。靴下を脱がせているか……。うーん」

「場所の問題がある」海月が言った。

「場所って？」

「三人めは、誰もいない真夜中の建設現場だった。発見されたのは朝になってからだ。つまり、靴や靴下を脱がせて、足の裏にθを書いて、また、靴下を履かせておくような時間的余裕や、見つかりにくいという安全が確保されていた」

「そうか！」加部谷は声を上げる。しかし、すぐに気がついて、口もとに両手を当てた。続きは海月に顔を近づけ、小声で話した。「そうだよね。二人めと四人めは場所が病院だったから、夜も誰かがいて、すぐに発見されたわけで、つまりそれで、短時間に文字が書きやすい手とか、脱げた靴の中なんてところが選ばれたんだ。あぁ、そうかぁ、凄いじゃん、海月君。でも、これつまり、私のアイデアよね。私って天才？」

「天才というほどではないけれど、評価できるアイデアではある」

「いやいや、本気で天才だなんて思ってないけどぉ、えっと、そうかぁ、海月君と話していると、考えがぱーんとまとまっちゃう」

「でも、一つだけ問題点がある」

「え、何？」

「殺したわけだ。つまり、突き落としたことになる。そうなると、犯人は、被害者が落ちるとき、その場所にいた。そして、被害者を突き落としたら、急いで階段を駆け下りて、地上へ駆けつけた、ということになる」

「そうか……、誰よりも早く行かないと……」

「一人めのときは、ベランダからだったから、その人の家に出入りができる人間ということになる。鍵がかかっていたんじゃなかった？」

「そう、そうだよねぇ。犯人は絞られてくるってこと？」

「というか、そんな危険な行為を何故するのか、という疑問が生じる。ナイフで刺したり、首を絞めた方が安全だ。飛び降りは、音がするだろうから、周囲の人間が集まってくる。即死はむしろ珍しい」

「急いで階段を駆け下りるっていうのも、危険だよなあ。誰かが、さきに来ていたら困るし。あ、じゃあねぇ、突き落とすまえに、書いておけば？」

「そんなことをさせるかな？　どうやって騙《だま》す？」

「うーん、それは、なんかそれらしい理由をつけて、騙すわけだよ」加部谷は答えたが、具体的なものは思いつかなかった。

「そうなると、最初の仮定が崩れる」海月が言った。

「最初の仮定って？」

「手や足の裏に書いたのは、書く時間がなかったからだ、という仮定」

「あ、そうか……」加部谷は溜息をついた。「騙すならば、全員、額に書かせれば良いってことか。うーん、難しいよう」

「それに、争った跡がまったくない、というのも変だ。本人に飛び降りる意志がないときに突き落とすというのは、相当に親しい仲でないと難しいと思う。知らない人間だと、そんな危険な場所で、そんな時刻に接近した位置にいる、という状況がそもそも考えられない」

「それは、知り合いだったんじゃない？」

「もし犯人が四人ともと知り合いだったら、今頃警察に呼ばれているかもしれない。逮捕されたくなければ、四人に関連がありそうな、あるいは、自殺以外の可能性を示唆《しさ》するような、そんな馬鹿な真似をするはずがない。これは、まったく無作為に被害者が選ばれている。少なくとも親密な関係がない人間が選ばれている。だからこそ、一人の人間が手を下したのだとアピールしたい。それがシリアルキラの心理だ」

「うん、そうだよね。それは、そのとおりだと思う」

「したがって、そう考えると、やはり殺人の可能性は矛盾が多すぎる」

「あらら、そこまで否定する？」またも、溜息。加部谷は少し疲労している自分を感じた。「あぁあ、なんか、急に眠くなってきちゃった」今度は本当にあくびが出た。

口を閉じてから、周囲を見ると、またも数人が慌てて顔を伏せた。こちらも見ていたのだ。どうも目立つ行動を取ってしまったらしい。気をつけないと、と彼女は思った。

4

図書館が閉まる時刻になりつつあったので、加部谷と海月が閲覧室から出ていくと、ロビィのドアを開けて山吹早月が入ってきた。片方の肩にデイパックをかけている。

「あ、加部谷さんもいたの」近づいてきて山吹が言った。

「ごめんなさい。お邪魔ですか？」彼女は顎を上げ、目を細めて大袈裟に言った。「お待ち合わせだったかしら？」

「いや、たまたま……。また、ルータの工事らしくって、ネットが五時から不通になるっていうから、じゃあ、もう今日は帰ろうかなって。ネットなしじゃ仕事にならないし」

「仕事ですか？インターネットで余計なとこ見てるだけなんじゃありません？」

「口が悪いなあ。今どきね、そんな奴いないよ。だいたい、自宅だってどこだって、今は二十四時間オンラインなんだからさ、大学のネット環境の優位性なんてとっくになくなったって……、これ、西之園さんが言ってたんだけれど」山吹は歩きながら話した。

「あ、西之園さんといえば、加部谷さん、N大病院へ一緒に行ってきたんだって？どんな感じだった。その話、聞かせてよ」

「今、海月君相手に、話しまくったところなんですよ」口を尖らせて加部谷は言う。でも、すぐに微笑んだ。「もちろん、もう一度話しますけど」

「どこかで、なんか食べる？」山吹が言う。

「大賛成！」加部谷は手を挙げた。

大学に一番近いファミリィ・レストランまで歩いていくことになった。三人で揃って食事をするのは久しぶりのことである。このまえは、といえば、確か、殺人事件があったときだ。あれ以来ではないか、と加部谷は考える。

窓際のテーブルについた。外は既に暗く、歩道を歩く人たちは疎《まば》らだった。この近辺は住宅地だが、大通りには比較的新しい商店が並んでいる。ＪＲの駅までは一キロほどの距離だ。

オーダを済ませたところで、事件の話題が再開する。まず、加部谷が本日の新情報として、四人めの自殺者のパソコンにあったというθの話をした。

「へえ……」山吹はおしぼりで手を拭きながら口を斜めにした。「それって、けっこう大きな進展なんじゃないかな。西之園さん、もう警察に話しただろうね。えっと、反町さんっていう人も、重要だと確信したから、わざわざ西之園さんを呼んだってことだね」

「それに、私がたまたまついていったと」

「どうして、加部谷さんがついていったの？」

「まあ、それだけ信頼されているってことでしょうか。西之園さんも、後継者を捜しているんじゃないですか」

「何、意味のわかんないこと言って」山吹が笑った。「しっかし、西之園さんくらいになると、そうやって有用な情報が自然に集まってくるんだね」

「何です？　くらいになるとって」

「うん、警察でも一目置かれる、いい顔ってやつ？」

「いい顔ぉ？」加部谷は吹き出した。「なんか、使用法が変じゃありません？　それ……。山吹さん、なんだかなあ、言うことが古くさいですよね」

「そりゃあ、君よりは、大人だからね」山吹は苦笑いした。「で、何を話していたわけ？　図書館で。やけに時間がかかってない？」

「どうして、そんなこと知ってるんですか？　あ、もしかして、途中で覗いて、私と海月君が仲良く話していたところを見てしまったんですね？　きゃあ。それで、あんまり雰囲気が良さそうだったから、遠慮して入ってこられなかったんでしょ」

「違うよ。西之園さんと一緒に帰ってきたんでしょう？　それから、すぐに製図室へ行って、海月がいないから図書館へ探しにいった。そのときから話し込んだとしたら、優に三十分以上はあるわけだから、今聞いた新情報だけでは、話がもたない計算になる。だから、何の話だったのかなって……」

「超鋭いですね、推理が」加部谷はそう言ってから、頬を膨《ふく》らませた。なんとなく山吹に虐《いじ》められているような感覚があった。多分、自分の思い過ごしだろう。「まあ、では、しかたがありませんね。海月君も認めた加部谷の仮説を、はい、お聞かせいたしましょう」

「え？　海月が認めたって？」山吹が目を見開いて言った。

「やっだぁ、どうしてそんなに驚くんです？　ここへ来て初めてじゃないですか、感情の籠《こ》もった言葉」

山吹は海月を見据えている。海月は無表情、そして無口。

「あのぉ、ちょっと、こっちを向いてくれませんか？　認めたというのは、確かに私の言い過ぎでした。すみません。ああ、なんかじわじわっと腹が立ってきた」

「お腹空いてるからだよ」山吹が微笑んで言う。まったくフォロウになっていない。

図書館で海月に話した自分の仮説を思い出しながら、加部谷は解説することにする。さきほど、海月に話したことで、格段に具体化され、強化されているように思えた。二分ほどでほぼ説明することができた。

「ああ、そういうことか……。まえも、一度話したがっていたよね」

「そうでしたっけ？」

「食堂だったかな」山吹が言う。「そう、それを、ほら、あの探偵が盗み聞きしてたんじゃなかった？」

「あ、そうそう」加部谷はたちまち思い出した。「えっと、赤柳さん、あれからどうしたのかな。山吹さん、会いました？」

突然、テーブルの横に人が現れたので、加部谷は驚いて、その人物を見上げた。

「わ！　赤柳さん」

「こんばんは、皆さん」赤柳がハスキィな声で挨拶する。頭を下げ、もう一度上げた顔はわざとらしいくらいの笑顔だった。お土産物売り場に置いてある人形みたいだ、と加部谷は連想した。

どうやら、隣のテーブルにいたらしい。いつの間にやってきたのだろう。まったく気づかなかった。

「つけていたんですね？」加部谷は睨みつける。「いつから？」

「はい。大学からです。図書館の前から」

「もぉう」加部谷は口を尖らせた。「何なんです？　調べることないんですか？　私たちに纏《まと》わり付いてこんな盗み聞きしなくたって……」

「ですから、こうしてちゃんとご挨拶を……、あ、ここに座ってよろしいですか？」

山吹と海月が一方のシートに、もう片方には加部谷が一人だった。空いている席というのは、彼女の隣である。赤柳は、そこに座ろうとしているのだ。大いなる抵抗を感じたものの、断るのも大人げない。しかたなく小さく頷くと、赤柳はますます笑顔になった。隣のテーブルへ自分のコップを取りにいき、それを持ったまま隣に腰掛けた。嫌な予感がする。ここにずっと居座るつもりなのだ。

「今お聞きしましたですよ、加部谷さんの仮説。はあ、多少期待外れではありましたが、しかしまあ、方向性としては、なかなかどうして、面白いのではないでしょうか。ええ非常に興味深い。参考になります。評価できると思いました」

「期待はずれって、何を期待していらっしゃったんですか？」加部谷は精一杯とげとげしく発音してやった。

「殺人の可能性がある、というのは、良い着眼だと思いましたが、残念なことに、説得力のある裏付け、あるいは理論的考察がない」

「殺人の可能性があると、都合が良いみたいですね？」山吹が言った。相変わらずの淡々とした口調だが、今は一転、頼もしく感じた。もっと言ってやって、というふうに加部谷は心の中で叫ぶ。

「正直に言いまして、そのとおりなんです」赤柳は頷いた。「そのような結論がもし導けるならば、成果としては大きい、といえましょう。依頼人からも感謝されることになります」

「自殺よりも他殺の方を望んでいるっていう意味ですか？」加部谷は尋ねた。

「そのとおりです」赤柳がこちらを向いてにっこりと微笑んだ。「自殺は理由はどうあれ不名誉です。しかし、なんらかのアクシデントに巻き込まれたとしたら、それは不幸であれ、不名誉ではない。それで諦めもつくでしょう。世間体《せけんてい》も良いというわけです」

「だけど、死んだ人が生き返るわけじゃないし……」加部谷は主張する。「それに、殺人に巻き込まれたなんて、また、本人に不名誉な原因があったかもしれないって、結局は勘繰《かんぐ》られたりしませんか？」

「ま、そういうこともあるでしょう。ですからね、通り魔殺人のような、いわゆる天災系のアクシデントが最も都合が良いわけです」

「天才系、通り魔が？　なんで？」

「まま、そんなことはさておきですな、いろいろと有用なお話をお聞かせいただいたのですから、この私も、調べたことを、皆さんにお知らせいたしましょう。ギブアンドテイクです」

「そうですよ、それ……、良い心がけっていいいません？」加部谷は身を乗り出した。

「当たり前ともいいますね」

「なんでも率直におっしゃるお嬢さんですな」赤柳は笑った。「いやいや、良いことです。大変良いことです」

「お世辞はいいですから、早く話して下さいよ」

「はい、まず私は、亡くなった早川聡史さんの周辺をあちこちきいて回ったのですが、どうも、ご本人は大変大人しく、真面目で、交友関係もほとんどない方だった、ということがわかりました。親しい人はいない、といっても過言ではなさそうです。彼の自宅へ誰かが訪れる、といったこともなかったようですし。警察も、彼の部屋で指紋を採取したわけですが、本人以外のものは非常に少ない。新しそうなもの、たとえば、テーブルやドアなど、頻繁に触れるような箇所からは、彼以外の指紋はまったく発見されていないそうです。あの部屋の鍵は、当日はもちろんかかっていましたし、二つあるキーはいずれも室内にありました。片方は彼の鞄の中です。もしもスペアキーが作られていなければ、管理人以外には開けられないことになります。ですから、殺人説を主張されるのであれば、この密室状態を作り出す方法についても併せてお考えいただく必要がありますな」

「そんなの、どうにだってなりますよ」加部谷は言った。「沢山の方法が考えられますけど、一番簡単なのは、合い鍵を作ることですね」

「ですから、スペアキーが作られていなければ、と申し上げました」

「ああ、そうか。となると、えっと……、泥棒の七つ道具とかで、こじ開けたとか？」

「鍵にもよりますが、開けることは簡単でも、施錠することは比較的難しいと思われます」

「じゃあ、そうだ。犯人があの部屋にいなかった、という可能性はどうです？」

「いなかった、といいますと？」赤柳がきいた。

「ですから、鍵は、早川さんが自分でかけたわけですよ」

「その場合、どうやって彼を突き落とすんです？」

「うーん、まあとりあえず、ベランダに呼び出してですね、えっとぉ、びっくりさせるとか。あと、ほら、催眠術とか。えっと……、それとも……」

「なるほど。わかりました」あっさりと赤柳は頷いた。「ええ、話を戻しますが、とにかく周辺では、早川さんが悩んでいた、あるいは自殺しそうな雰囲気があった、などといった話はまったく聞けませんでしたね。また、パソコンに熱中していたとか、宗教に入れ込んでいるみたいだったとか、といった噂も聞こえてまいりません。銀行関係もご遺族の許可を得て調べましたが、定期的かつ多額で不明な振込先も見当たりません。宗教関係だったとしたら、現金だったかもしれませんね。でも少なくとも、大きなお金が動いている様子はありませんでした。もちろん、借金をしていたわけでもなさそうです。口座には数十万円の残高があります。最近、特に減っていたということもない。躰のどこかに具合が悪いところがあったわけでもなさそうです。保険証を使った跡もありません。バイトを無断で休むこともなかったようですしね」

「非の打ち所がない人だったんですね」加部谷は言う。

「その形容は言い過ぎだと思う」山吹がテーブルの向こうから小声で言った。真面目な顔で言うからかえって可笑しかった。

「きっと、あれですよ。賞味期限が過ぎたプリンとか、食べないで捨てちゃう人だったんじゃないかしら。そういうのも、冷蔵庫の中を調べたら、わかりますよね。私なんか、五日くらいまでなら、全然平気、気にせず食べちゃいますけど」

男性三人ともが加部谷を見据えて黙っていた。少々気まずい雰囲気だったので、店の奥を眺めて誤魔化《ごまか》した。料理がまだ来ない。

「そもそもじゃあ、どうして死んだんでしょう？」加部谷は話題を戻すことにした。

「それが、一番基本的な謎だよね」山吹がすぐに言った。

「あでも、さっき海月君から聞いたんですけど、自殺って特別な状況じゃなくて、かなり大勢がしている一般的なことらしいですよ。あとになってみたら、わかりませんよね、本人が何を悩んでいたかなんて」

「加部谷さんは、他殺説なんじゃなかったの？」山吹が片目を細める。

「いえ、別に、断固主張するつもりなんてありません。もしかしたら、自殺だったかも……。そうなると、単に、その宗教的な連帯感っていうんですか、そのためにマーキングをしたことになりますよね。むしろ、そっちの方が平和的といえば平和的かもしれないなあ。うーん、あ、そうだ、思い出した」加部谷は赤柳の視線を確認してからきいた。「その人、病院には関係がありませんか？」

「病院に、ですか？」赤柳が眉を顰める。

「ええ……、あとの三人は、いずれも病院になんらかの関係があるんです」

「どこの病院です？」

「いえ、そうじゃなくって、病院というものに関係があるんですよ。看護婦さんだったり、病院の建設現場に勤めていたり……、なのに、最初の人だけが病院には無関係みたいなんですよ。なにか接点がないかなって思って……」

「病院……、病院ね」赤柳は目を細めた。「病気がちでもなかったし、病院通いをしていたとか、バイトをしていた、といった話はありませんね。まあ、引越のバイトをされていましたから、病院関係の仕事を請け負ったなんてことはあったかもしれませんが。ええ、わかりました。ちょっと調べてみましょうか。その、病院に関係があるとすると、加部谷さんは、なにか思い当たるふしでもあるわけですか?」

「ふし? フシって何ですか?」加部谷は首を傾げた。

「いやいや、言葉の綾《あや》です。もし、早川さんも病院と関係があったら、どんな推論が導けそうなんですか?」

「いえ、全然。うーん」加部谷は唸る。

「病院に無関係な人って、少ないんじゃない?」山吹が言った。「誰だって少しくらいなら関係があるよ」

5

ウェイトレスが料理を運んできた。そこで、赤柳は、ホットミルクティを注文した。山吹は定食、海月はカレーライス、加部谷はドリアである。

「それで、赤柳さん、調査は今もまだ続けているのですか？」山吹が丁寧な口調で尋ねた。

「ええ、一度報告はいたしましたし、そのときまでの分は料金を既にちょうだいしました。追加でさらに見つかった場合は、こちらから連絡する、というのが現在の状況ですね。ですから、もう終わっているのか、まだ続いているのか、結果次第です」

「やっぱり、このままなのかなぁ」山吹が独り言を呟くように言って、短い息を吐いた。「客観的に見ても、特に問題にしなければならないような出来事ではないってことでしょうか。マスコミも大きくは取り上げていないし。警察もきっと忙しくて、こんなことに長時間関わっていられないのかもしれません」

「でも、たとえば……」加部谷が身を乗り出し、山吹に言った。「またもう一人、なんてことになったら、五人ですよ。いくらなんでも問題になるんじゃあ」

「四人だと良くて、五人だといけないってことはないと思うけれど」山吹は素っ気なくそう言うと、トンカツを口へ運ぶ。

その横の海月は黙々とカレーを食べている。食べ方が速いわけではないが、規則正しい作業といった雰囲気で、まるでスコップで土木工事をしているようだった。その隣の探偵はカップを片手に天井を眺めていた。物思いに耽《ふけ》っている図である。釈然としないものの、こうして目の前の食べものに取り組まなければならないのだ。ようするに、これが人間の生き方に共通するものだろうか。生きているかぎりは、みんな食べている。せいぜいが、自分の好きなものを選ぶくらいの自由しかないのである。こういった生き方が嫌ならば、やはり死ぬしかない。生きていくために必要なことから逃れたいと思う人がいても、不思議ではない。生きる行為は、少なからず面倒だ。楽しいことがあるから、なんとかやっていけるものの、すべてに厭《あ》きてしまったり、煩《わずら》わしくなることだってきっとあるにちがいない、と加部谷は考えた。

しばらくドリアに専念したものの、頭の中に浮かぶのは、赤いθの文字。そして、口紅だった。

「あのぉ、口紅って、男の人は、どんなものか知っているものですか？」加部谷は顔を上げて尋ねた。そして、三人の男性を順番に見た。「私なんか、口紅なんて使いませんけど」

「知ってるんじゃない？」山吹が答える。「家族に女性がいるわけだし、見たこともないって人はいないと思うな」

「でも、それで文字が書けるなんて発想するかしら？」

「まあね。だけど、エンピツで書くよりは、人間の肌には馴染《なじ》むんじゃない？」山吹が言った。「もともと、人間の躰に着色するために作られたものなんだからさ。肌に書くためのツールとしては、最初に思いつくアイテムかもしれない」

「そうか、そういわれてみれば、順当なのかなぁ。でも、うーん、死んだ人の肌にマークを書くときに、口紅っていうのが、変な発想だと思いますけど……。赤い文字だったら、普通に赤いサインペンとか、マジックペンで書こうって考えないかなぁ。それだと、小さい文字になっちゃうかもしれませんけど」

「加部谷さん、何が言いたいの？」山吹の顔が笑っている。

「別に、特になにかが言いたいってことではなくて……」加部谷は熱いドリアを口の中に入れる。しかし、その熱のせいなのか、また一つ思いついた。「あ、つまりですね……」と以前から考えていたような振りをして続ける。「サインペンとかで書いたら、痛いですよね。自分で額に文字を書くなんて、嫌じゃないですか」

「そういう問題かな」山吹がまだ笑った顔である。「何？　ということは、口紅を使ったのは、まだ生きているうちに自分で書くとき適しているってこと？　それって、さっきの加部谷さんの仮説と反対じゃない？」

「うーん、そうか……。鋭い指摘ですね」彼女は一歩引き下がった。また一口ドリアを食べてみたが、今度はなにも思いつかなかった。「とにかく、少ない情報でも、こうしていろいろ考えてみてるうちは、逆に可能性がいっぱいあって面白いですよね。情報が多くなればなるほど、限定されてくるから、こんな議論もできなくなるかも」

「そうそう。急に現実的な話をしている」山吹が笑うのをやめて頷いた。

「場が白けちゃいけないと思って、しゃべり続けているんですぅ」加部谷はそこで溜息をつく。「海月君、ちょっとはしゃべりなさいよ」

海月が目だけを上げて、彼女の視線を受け止めた。だが、受け止めただけだった。既にほとんどカレーは平らげ、サラダを食べていた。彼は横を向き、店内の様子を眺め、再びこちらを一瞥した。加部谷は、じっとその間も海月を睨んでいたが、二度目のアイコンタクトは、コンマ一秒もなかったかもしれない。口は開かない。話すことはないようである。

「しょうがないなあ」彼女は諦め、自分も食べることに専念する。まだ熱い。ドリアっていうのは必要以上に熱いものだ。猫舌の西之園ならば、きっと最初の十分は食べられないだろう。

「西之園さんという方は、不思議な人ですな」隣の赤柳がテーブルにカップを置いて、こちらを向く。少し声を落とし、加部谷と個人的な会話をしようという姿勢のようだった。「警察の人にもきいてみましたら、ほとんど誰もが、彼女のことをよく知っている。有名らしいですね。本部長の姪に当たる、ということもあるでしょうけれど、どうもそれだけとは思えない。なにか、いきさつがあるのでしょうか？」

加部谷は視線を山吹へ向けてしまう。赤柳は、彼女の視線を追って、山吹を見た。

「僕は詳しく知りません」お椀を両手で持っている山吹が首を振る。彼はこちらへ視線を投げ返した。

おかげで、加部谷はまた赤柳に注目されてしまった。西之園のことをぺらぺら話すつもりはない。頭の中でそれを確認する。

「さあ、私たちは、なにも……」加部谷は精一杯素っ気なく答えた。多少わざとらしかったかもしれない。《私たち》なんて複数形にしたことが失敗だった気もする。

「このまえの事件、うちのマンションであった、あのときも、西之園さんがいらっしゃっていましたよね」赤柳が言った。

このまえの事件というのは、φに絡んだ殺人事件のことである。山吹が友人の舟元のところにいるときに発生し、あやうく容疑者にされそうになった。赤柳探偵は、その同じマンションの住人である。

「いつも、こんなふうに事件のことで、警察と連絡を取り合うのでしょうか？」赤柳が尋ねる。

こんなふうに、とは、西之園のことを言いたいのだろう。彼女が普段から警察と連絡を密に取り合っているとは思えない。たぶん、前回の事件はたまたま講座の後輩である山吹が巻き込まれそうだったから、そして、今回は友人の反町愛から情報が寄せられたから、という特殊性のためだろうと想像する。

しかし、ずっと以前、加部谷がまだ中学生だった頃に、全国的に有名になった事件が、加部谷の自宅の近所で発生したことがある。そして、それがきっかけで、西之園と知り合いになったのだ。そういう経緯というか、歴史は確かにあった。西之園が警察に知り合いが多いのは、もちろん、彼の叔父が県警の本部長だからということがあるけれど、それ以上の関わりを持っているようにも思える。いわれてみれば不思議だ。あまり考えたことがない。尋ねたこともない。最初が最初だったため、今まではごく自然に受け入れていた。

「もしかして、まえの事件と、今回の事件になにかつながりがあるのでしょうか」赤柳が言った。加部谷は考え事をしていたので、目の前にある顔と、その口から発した言葉を、少し遅れて認識した。

「え?」よくわからない。赤柳が言った意味が、飲み込めなかった。「どういうことですか?」

「いやいや、西之園さんが関わっているというのは、つまり、そういう意味なのかもしれないな、と少し勘繰ってしまっただけですよ。まあ、そんな可能性はないでしょうけれど」首を左右に軽くふりながら、赤柳は苦笑する。

まえの事件とのつながり？

新しい発想だ。

考えもしなかった方向である。

何だろう？　そういえば、ϕとθというギリシャ文字が使われているという共通点はある。しかし、それは単なる偶然だろう。まえの事件は、犯人も逮捕され、既に解決しているではないか。もちろん、数々の不思議は残ったままではある。特に、どうしてそんなことをしたのか、という動機の部分に関しては、未だに納得がいかない。しかし、今回の連続自殺と、どうつながるというのか……。

想像してみたものの、具体的なイメージが一つも思い浮かばなかった。もやもやとした不思議な力が作用している、というぼんやりとした感覚だけ。

一つ思いついた。

どこかに得体の知れない存在がある。

とにかく、それがあると仮定しよう。

名前がないものだ。

それと自殺者の関係が、θだという。

そうなると、φもまた、同じだったかもしれない。

それが壊れた、ということか……。

関係が壊れた、というニュアンスは、なんとなくだが、すんなりと受け入れられる。

加部谷は背筋がぞっと寒くなった。ファミレスの店内はとても暖かく、おまけに温かいドリアを食べている。それなのに、急に悪寒に襲われた。

何だろう?

まったくわからない。

それに、一瞬のことだった。

もう消えてしまった。

なにもなかったように。

もう感じない。

一瞬で通り過ぎた感覚。

予感のような……。

第4章　引き続き顕示される手法の特殊性について

世人は、天才によって人物が人を感動させる詩を書き、また絵画を描くことができるという場合、天才をよいものと考える。しかし、天才の真の意味、すなわち思想と行動とにおける独創性という意味においては、ほとんどすべての人々が——天才など何も感嘆すべきものではないとは誰も言わないにせよ——心の底では、自分たちは天才がなくても充分やってゆけると考えているのである。遺憾ながら、これは当然至極であって怪しむには足りない。独創性こそ、独創的でない人々には正にその効用を感知することのできない一事なのである。

1

数日後の深夜。N大病院の研究棟の三階。

反町愛は、煙草に火をつけた。彼女の目の前には、デジタル表示の棒グラフ。そして数字。点滅する緑色のインジケータ。数分に一度のインターバルで、サーマルプリンタが往復するか細い音。そのほかには、計器の冷却ファンだけが一定ノイズで部屋に充満していた。

二つ隣の計測室にいた同僚の飯場が、さきほど帰るからと言って顔を出した。壁の時計を見ると十二時を回ろうとしている。また午前様か、と反町は思った。手際《てぎわ》が悪いというわけではなく、もともと時間のかかる測定が多いうえ、計器が古く、こまめな調整が必要でそれに時間を取られるのだ。しかたがない。この場所は暖かく快適なので、寒い自分のアパートへ帰ることに比べれば、むしろ健康的といっても良いだろう。ただ、ベッドに入って寝られない、というだけの違いである。

そういえば、昨日はまた、N大の理学部へ分析機を使うために出向いた。例の口紅の分析だ。またも警察から依頼されたのである。まえは、飯場が持ってきた話だったが、今回は郡司教授が直々にやってきたので、反町は大いに驚いた。

一昨日のことである。郡司教授が彼女の部屋まで来た。警察の鑑識課の係官二人と一緒だった。事前の電話で、今回も口紅の分析だということは聞いていた。前回よりもサンプルがずっと多くなって、二十以上あった。つまり、類似の製品を絞り込み、それを同定しよう、ということらしい。もちろん、正規の賃金がもらえるバイトである。それに、断れるような立場でもない。反町はなるべく愛想良く振る舞い、それを引き受けた。

しかし、問題はそのあとだった。

警察の二人が帰ったあとも、郡司教授は部屋に残っていた。出ていこうとしない。反町は慌ててお茶を出すことになったのである。講座が違うので、これまでに二人きりで話すような機会はなかった。いったい何だろう、と不思議に思った。

「実は、申し訳ないが、一つ君にお願いがあってね」ようやく郡司教授は話を切り出した。彼はポケットに手を突っ込み、小さな筒状のものを取り出す。

反町は内心、震えるほど驚いたが、表情を固着し、我慢をして表に出さないように努めた。

「これを、内緒で調べてほしいんだ。新しい機器は私にはわからない。それに、私がわざわざ行ったとあっては、どんな重大なことかと怪しまれてしまうだろう」

「あの、それが、今回使われたものと同一か、ということを確かめるのですね？」反町は確認した。

「そうだ」

「あのぉ、この口紅は……？」

「色が似ていると思ったんで、気になっただけだよ。ついでに調べてくれれば良い。済んだら、私に返してくれ」

「いえ、えっと、サンプルはほんの少量あれば充分ですから、今、一部だけいただいて、本体の方はお返しした方が良いと思います」

「ああ、そうか。そういえば、そうだな」郡司は苦笑した。「なにも、全部をわざわざ持ってくることもなかったってわけだ」

反町は一番小さなサンプルケースを棚の引出へ取りにいき、ついでにピンセットを測定デスクから持ってきた。口紅のキャップを取り、中の紅の部分を僅かに掻き取った。それをケースに入れて蓋をする。彼女は、郡司に口紅を差し出した。彼は、大きな手でそれを受け取り、そのまま黙ってポケットに仕舞った。

沈黙。

もう話すことはない、という彼の顔である。

「さて、では……、結果だけ教えてくれ。メールでけっこう」

「わかりました」

「いつ頃わかるね？」

「明日の夜か、明後日の朝には」

郡司教授は立ち上がり、部屋から出ていった。そのあと、反町は、ソファに座り込み、自分の身に降りかかった状況が、いったいどういう意味のものなのか必死になって考えた。

しかし、考えてもわからない。

おそらくは見えているのは一部。

全体像は、想像もできなかった。

特に大きな意味のあるものではないかもしれない。その可能性に縋りつきたかった。

とりあえずは忙しいので、たちまちその問題は保留になったけれど、そのあとずっと彼女の頭にこびりついたままだった。

そして、昨日の午後。

夕方の三時頃にN大へ測定に出向いた。その時間ならば分析機を使わせてもらえたからだ。もう何度も訪れている研究センタなので、向こうも反町のことをよく知っている。今回は試料が多いため、測定片を作るのに二時間ほどかかった。すべての結果が出たのは結局、夜の七時過ぎだった。

まず、警察へ届ける結果は実に簡単なものになった。二十数個のサンプルのうち、今回の事件で使われたものに成分が近いものが三つある。だが、どれも微妙に異なっていた。それは、測定の誤差範囲ではない。むしろ試料のばらつき、たとえば、製造されてからの時間、保存状況などによる変質の影響が大きいだろう。また、まったく同一の試料であっても、成分は均質ではない。サンプルを取った部位によって微妙に違っているはずだ。しかし、このまえの測定では、異なる死体の皮膚、あるいは物質に付着した証拠品から採取された試料を比較したわけである。そのときの偏差は、今回の類似サンプル三つのどれよりも小さかった。すなわち、この三つは似てはいるけれど、同じものだと断定することは難しい、というのが彼女の結論である。警察は、とりあえず、似ているものを送って寄こしたのかもしれない。この中になければ、もっと広範囲に調査をして、新たな類似品を集めてくるのだろう。それとも、今回は特定のメーカに限って、そこから似ているものを集めたのかもしれない。どういった手順で捜査が行われているのかは、彼女は知るよしもなかった。これで最終的な判断をする、といった話ももちろん聞いていない。そういったことが聞かされることは、まずないのである。

この時点では、特にどうということはなかった。だが、問題のプラス・アルファがある。郡司教授から渡された試料の分析が最後になった。結果は即座にプリントアウトされ、そこに示された数値を、反町はデスクの上で一つずつチェックしていった。

息を五秒くらい止めて、その数字を見直した。

結果は明らかに似ている。もう一度見直した。

同一のものの可能性が高い。警察が持ってきた試料のどれよりも格段に近い。偏差が一桁小さかったのだ。

「まいったなぁ」思わず口から言葉が零《こぼ》れた。

煙草が吸いたくなったが、その部屋は禁煙。

どうしたものか。

しかし、どうしようもない。

結果を正直に報告する。

それ以外に何ができるだろう？

それが昨夜のこと。気が重くなってしまい、すぐにはメールが書けなかった。間違いかもしれない、という気持ちもあった。しかし、機械が誤作動することはありえない。サンプルを間違えたという可能性もない。それは基本的なことだ。彼女はもうこの世界で長い。人間がどういった場合にミスをするのか、それを防ぐにはどうすれば良いのか、という知恵が結集したシステムが採られている。間違えが入り込む隙など絶対にないだろう。

その夜は、我慢ができなくなって西之園萌絵にメールを書いた。しかし、彼女からの返事はなかった。そして、次の日の朝を迎え、彼女は諦めた。

郡司教授には、検査の結果、数値は非常に類似している、同一の製品と見なして間違いないものと思われる、という事実だけをメールで伝えた。そのメールに対する返事は戻ってこなかった。わかった、ありがとう、といったリプライがあるだけで、多少なりとも安心できる気がした。電話が鳴るたびに、郡司教授からではないか、という思考が立ち上がったけれど、いずれも思い過ごしだった。

そのまま十数時間が経過している。

午後には、警察の人が、サンプルとデータシートを受け取りにやってきた。反町はすべてを渡してしまった。コピィなどを撮ってはいけない決まりになっている。しかし、当然ながら、郡司教授から頼まれたサンプルについては、そこには含まれていない。それは、郡司教授へのメール以外に、どこへも出力されない結果なのである。

余計なものが割り込んだため、自分の仕事が後回しになっていた。それを取り戻すため、夕食のあと、反町はすぐに実験を始めた。夜遅くまで残っているのはこのためだった。十時頃には一段落ついたので、残りはまた明日の作業として、帰っても良かった。だが、興奮しているためだろうか、疲労も眠気もまったく感じなかった。この際だから、もう一シリーズこなしておこう、と次の測定準備に着手。順調にいけば、終了するのは午前三時頃になるだろう。途中で、やり直しが出れば、四時くらいか。そんな見積もりをしつつ、ずっと部屋から出ないで実験を進めた。ドアは施錠してある。もちろん、こんな時刻にやってくる人間は誰もいないはずだ。

デスクの上にある電話が振動する。反町はそれに手を伸ばし、摑んでディスプレィを見た。西之園萌絵からだった。

「あ、萌絵か、良かった……」

「夜分にどうも。今、良かった？　彼氏いない？」

「研究室だよ。一人で」

「あらま、お仕事でしたか。ごめんね、ちょっと飛行機に乗ったりしていて、メールが読めなかったの」

「どこか行ってたの？」

「そりゃそうでしょう。どこへも行かずに飛行機に乗れる？」

「ま、きかないどこ」

「え、きいてぇ……」西之園が笑って言った。「ちょっと暖かいところへ、三日ほど」

「へえ、一人で？」

「そうなのよ。一人なの。どうしてでしょう。腹が立つわ」

「わかったわかった。今度は、是非私を誘って」

「あれ？　何故？　ラヴちゃんは一人じゃないでしょう？」

「いろいろあるのよ、お互いにね」

「何があるの？　え？　ちょっと、それ初耳よ。何なの？」

「ちょっと待ってな。そんなことよりも、メール読んだでしょう？　複雑なことになっちゃったんだな、これが……、もう頭が痛いわあ」

「うん、それなんだけれど、よく意味がわからなかった。どういうこと？　郡司先生がどうして口紅を持っていたわけ？」西之園が当然の質問をした。

「そう……、うん、なんでだろう」

「え、どうして？」

「わかんないよ、全然」

「それ、きかなかったの？」

「きけないよぉ、そんなぁ……。もちろん、結果が出た今となっては、さらにききにくくなったこと、間違いないね」

「きけば良いじゃない。私だったら、きくよ」

「あのさぁ、工学部の教授とはね、偉さが違うんだよ。医学部の教授だぜ。そんなもん、一緒にしてもらったら困るわ」

「へえ、そういうもの？」

「当然じゃん。神様みたいに偉いんだから」

「じゃあ、しょうがないかもね」

「気持ちが悪いってだけ」反町は言う。「どういうふうに考えたら良い？　どういう場合に、こういう事態になると思う？」

「郡司先生は、実際に死体をご覧になっているわけでしょう？　だったら、口紅の色なんかも覚えていらして、それで、お嬢さんか奥さんが使っている口紅で、似ているものがないかって、探されたのかも。たまたま同じようなのがあったから、持ってきて調べてやろうと思われたんじゃないの？　警察がサンプルを持ってくる日と、偶然重なっただけで……」

「それだったらさあ、そう言うよね。違う？　なんか、ちょっと折り入ってお願いがあるんだ、みたいな頼まれ方をしたわけだ。内緒にしといてほしいって感じで」

「あら、そうなの？」

「そうなの」

「えっとぉ……、となると、だいぶ話が違いますね」

「そうそう、違いますよ。変でしょう？　家にある口紅が似ているって思ったってさ、それくらいで、持ってくるか？」

「それは持ってくるかもよ。警察に先駆けて、割り出してやろうという気持ちで」

「だって、私、ここで分析するわけじゃないんだよ。わざわざそっちのキャンパスまで行って、書類出して理学部で機械借りて、測定しなきゃならんわけだよ。一つだけ頼まれたからって、ちょっと調べますってことはないわけ。結局、警察のサンプルと一緒のときにってことになるだろうし、うーん、だからやっぱり、警察が来ることがわかっていたから持ってこられたわけだよなあ」

「郡司先生には、お嬢さんがいらっしゃる？」西之園が尋ねた。

「あ、いるいる。それは、えっと、そうそう、パーティとかで二回かな、会ったことがある。私たちよりも少し若いくらい。大学生だね。うーん、そうそう確か、工学部だよ。情報だったか電子だったかと思うな。N大ではなかったと思うけど」

「ふうん。じゃあ、奥様は？」

「奥さんももちろんいるよ。ご健在です」

「となると、口紅がご自宅にあってもおかしくないわけよね。たとえばね、お嬢さんが、鏡を見ながら、額にθを書いていた、なんてところを郡司先生が目撃したりして、それでびっくりされて、その口紅を持ち出したとか」そう話しながら、西之園は吹き出して笑っている。

「おい、それ、笑えないぞ」反町は舌打ちした。「不気味なこと言わないでくれる？　時間をわきまえてほしいな。あのね、こっちは深夜に一人で残ってて、ただでさえ心細いっちゅうのに」

「あらま、彼氏を呼んだら？」

「何言っとるの」

「それじゃあ、お酒でも持って、今から行ってあげようか？」

「は？　今からって……」反町は時計を見た。「もう、十二時半だがね」

「私、明日オフだから」

「こっちは、そうはいかないよ」

「でも、ホント、行ってあげましょう。二十分もあれば行けるよ。なんて優しいんでしょう」

2

三十分後にドアがノックされた。

「ラヴちゃん、私です」という声が聞こえたので反町は急いでドアの鍵を開けた。「こんばんは」

「お前、酔っ払ってない？」

「ちょっとね、うふふふ」西之園はにっこりと微笑んだ。「はい、これお土産」

重そうな紙袋を手渡された。新しいワインが二本、その他にもなにかいろいろ入っている。

「どうやって来たの？　飲酒運転かよ」

「タクシーですぅ」西之園は、ソファにどっかりと腰掛ける。「ちょうど良かったわ、ちょっとだけれど、むしゃくしゃしていたところだったから」

「け、やけ酒か？　なんだぁ、呼ぶんじゃなかったな。電話してたとき、変だと思ったんだわぁ」

「まあ、よろしいじゃございませんか。さあ、一緒に飲みましょう」

「いや、僕は測定があるからね、ちょっと待っとって」反町は、計器の様子を見にいく。パソコンのディスプレィをチェックした。今のところ異状はなさそうだ。次のサンプルをそろそろ恒温槽へ移した方が良い。その準備をしなければならない。

「忙しいの？」

「ああ、気にせんといて。作業しながら、つき合ったげるから。楽にしててええよ。まあ、一応お礼を言っとくわ。うん、なんか心細かったから」

「でしょう？　心細いよね、一人ってのは」

どことなくシビアな声だったので、振り返って西之園の顔を確かめた。しかし、にっこり笑った顔があった。

「お前、出来上がってない？　もう……、かなわんなあ」

「口紅は？　もう返しちゃった？」

「いや、最初にちらっと見ただけ。その場で少量だけ中身もらって、あとは返しちまったから」

「どんな口紅だった？」

「ブランドはわからん。うーん、金色のケースで細くて、えっと、見たことがないタイプだな。外国のものだと思う。マークとか、ロゴとかあったかもしれんけど。そんなもん、見てる余裕なかったっていうかさ」

「高そうなやつ？」

「そうだね、うん。安物じゃない。ケースもしっかりしていたし。コンビニで売っているような、つまり僕が使っているような代物じゃないな」

「なるほどねぇ……」

「何がなるほどなの？」

「男が買うものではないって判断して良いってこと」

「あ、それは言えるかもな。だけど、プレゼントをするって言えば、買えると思うよ」

「目立つよね」西之園は脚を組んでソファにもたれかかった。「郡司先生ってどんな人？」

「いやぁ、あんまり詳しくは知らない」

「昔から、ここにいる？」

「そうだね、もう長いと思う」

「スキャンダルとか、噂とか、趣味とか、離婚歴とか、えっと、海外留学の経験とか、学会賞とか、うーん、科研費の当たり具合とか、なんか情報はない？」

「酔っぱらいにしては、やけに具体的な質問だこと」サンプルをシャーレに移しながら、反町は話す。西之園の方を向いているわけではない。「うーん、とにかく偉い先生だっていうことしか、印象ないなあ。医学部の中でもかなり偉い方。あそうだ、元学部長だしね。次は、もう総長に打って出るのかっていうくらいじゃないかな。でも、忙しくなるだけで、そんなことはしないかな。そこらへんは、本当のところ、どんなタイプの人かって際どいところだね。一見した感じは、穏やかな紳士。いつもにこにこしとらっせるけど、でも、やっぱり切れ者だと思う」

「あのね、私も、ちょっと独自に調べてみたんだけれど……」西之園が言った。反町が振り返って見ると、いつの間にかテーブルの上に、紙袋から出したワインとグラスを並べていた。「一人めの自殺者の早川って人、あの人のパソコンのハードディスクをコピィしてもらって、山吹君経由でもらったの」

「いいのかよ？　そんなことして」反町はきいた。

「そうしたら、三ヵ月まえのスケジュールのとこに、公開講座って書いてあったわけ。山吹君も見逃していたんだよね。しかも、それ、N大であった市民向けのやつ。知っているでしょう？　あれと同じ日だって気づいちゃったの」

「よく気づいたな」

「だって、その公開講座で私、講師をやらされたんだもの」

「へえ……、お嬢様入門かなんか？」

「都市と地域の環境問題について」西之園は澄ました顔で答えた。「私の他にも、各学部から一人か二人の講師が出て、三日間開催。だから、その日付に覚えがあったわけ。ちょうど、当日の出席者の名簿もデータに残っていたから、それをすぐに検索してみた」

「え、あったの？　その人の名前」

「早川聡史さんね、あったわ。私のじゃなくて、医学部と文学部が担当した講座に出席していた。金曜日の午後。普通のサラリーマンじゃあ、なかなか来られない時間だよね」

「へえ、凄いな。医学部って、誰が話したの？」

「えっと、田辺《たなべ》助教授って人。知ってる？」

「ああ、知っとる知っとる。アレルギィの話だな？」

「あそうそう、環境問題が主テーマだったから。たぶん、花粉とか、ハウスダストとか、そんなタイトルだったと思うわ。それから、文学部は、宗教関係の話題で、環境変化と信仰の関係みたいな感じのだった。うん、ほら、ちょっとつながってない？」

「え？　宗教ってところが？」

「偶然じゃないと思うのよね」西之園はグラスにワインを注ぎながら言った。「自殺した人はみんな、N大の医学部に関係があるわ」

「え、嘘、なんで？　単に病院に関係があるってことなら、あの子も言っとったね、加部谷さんが」

「そう、そのとき、一人めの早川さんだけが関連がなかったでしょう？　でも、医学部の公開講座を聴きにきていたんだから、これでつながった、と考えても良くない？」

「良くない」反町は、サンプルを恒温槽に入れてから、シンクで手を洗った。「そんなつながり、何になるっていうの」

「糸口にはなると思う」

「どんな？」

「事件を解く糸口」西之園はグラスを両手に持って立ち上がった。「はい、どうぞ」

一方のグラスを差し出され、反町はしかたなくそれを受け取った。

グラスを鳴らし、とりあえず乾杯をする。反町は、ワインを二口ほど飲んだ。

「うわぁ、なんだこれ……、美味しい！　超上等なやつ？」

西之園は、グラスに口をつけ、それを一気に飲み干す。

「ああ……」目を瞑って上を向く西之園である。「いい感じ。うーん、さてと……」彼女はテーブルに戻って、ワインをまたグラスについでいる。「美味しいワインを飲みながら、じっくりおしゃべりしましょうね。ラヴちゃんと夜を徹して飲むのも、何年ぶりかしら」

「え？　夜を徹するつもりなのかよ。まいったなぁ」もう一口飲んで、胸が仄かに温かくなる。「まあとにかく、好きにしてて、僕はもう少しだけ作業があるでね」

「うん、気にしない気にしない。押し掛けて、ごめんなさい」西之園はにこにこ笑いながら、またグラスを傾けていた。アルコールに対してペースが速いのは、彼女の特徴である。

　世間話をしながら、反町は測定機に新しいサンプルをセットし、データレコーダをスタートさせた。これで、順調ならばあと一時間ほどは手を触れる必要がない。デスクを離れ、西之園の方へ近づく。テーブルの上には、彼女が持ってきたスナック類が広げられていた。西之園はソファの上に横向きに脚をのせて座り、肘掛けにもたれかかっていた。どこかで、この構図の絵画を見たことがある、と反町は思った。眠そうな顔をしている。話をしなかったら、そのまま寝てしまうのではないか、と思えるほどだ。

「萌絵の方はさ、研究、どうなの？　もうそろそろまとめられそう？」

「きかないでくれる？」目を細め、眉を寄せて西之園は答える。「今は考えたくない。逃避よ、逃避。あぁあ……、私ってどうして、こんなに意志が弱いのかしら」

「わかったわかった。悪かった、ここで悩むなよな。帰ってからにしてくれる？」

「そうだよね」急ににっこり微笑み、彼女は両手を斜めに伸ばした。深呼吸。そのあと、欠伸《あくび》をする。「あぁあ、本当に眠くなってきちゃった。ちょっと、屋上へ行ってこよう」

「屋上？　屋上って？」

「このビルの一番高いところのことだよ」

「わかってるよ、そんなこと。何しにいくの？」

「えっと……、出られる？」

「さあね。行ったことないもん。鍵がかかってるんじゃないかな」

「どこかで借りてこられない？」

「無理無理」

「ナースステーションへ行って、借りてきてあげようか？」

「やめてくれ」

「ラヴちゃん、白衣持ってない？　看護婦さんに化けていけば、案外簡単かも」

「あのね……、頼むから、そういうのは……」

西之園は声を上げて笑いだした。

「おいおい」

「可笑しい。冗談だよ。そういえば、一度そういうこと、あったよね？　覚えている？」

「馬鹿やろう、忘れるわけないだろうが」反町は舌を鳴らした。「まったく……」

「あれは、隣の病棟の方だったわね。懐かしいなぁ。あのときって、ラヴちゃん、何してたんだっけ」

「覚えてないよ、そんなこと」

「私、覚えてるもんねぇ」

「わかった、わかったからぁ、えっと、屋上か……。鍵を見てくる。ナースステーションじゃなくて、事務室にあると思う。事務室なら合い鍵持っとるで、探せるはず」

「え、事務室の合い鍵？　どうしてそんなもの、ラヴちゃんが持っているの？」

「生活の知恵ってやつだがね。夜中にコピィ室が使いたくなったりするやん」

「あ、そうそう。どこでも同じなのね。じゃあ、行きましょう、私も」西之園はすっと立ち上がった。一瞬で普段の彼女の顔に戻っていた。「ライトを持っていかなくても良い？」

「ライトって？」

「暗いでしょう？　懐中電灯、ない？」

「ペンライトならある」

二人で通路に出て、階段で一つ下のフロアへ下りる。照明が灯っていない事務室の鍵を開けて、カウンタの内側のボードにぶら下がっていたキーを、反町はペンライトで探し出した。

「なんで、照明をつけないのかな」戸口の西之園のところへ戻ってきて、反町は言う。

「気分の問題じゃない？」西之園が言った。

彼女は携帯電話を片手に持って見ていた。時間を計っていたのだろうか。

それから、エレベータへ行き、一気に最上階の十階へ。

エレベータから出たところは、暗いロビィだったが、二人に感知して、照明が少し遅れて灯った。

「くう、不気味だがや」反町は思わず声を上げる。「あんたと一緒じゃなかったら絶対来んかったぞ、くっそぅ！　なんで、こういう目に遭わなかんのぉ。疫病神って言われるだろ、みんなに」

「ううん、そんなことないよ」普通の口調で西之園は答える。きょろきょろとあたりを見回している。「どこから、屋上へ上がるの？」

「こっち」反町は覚悟を決めて歩き始めた。

3

階段でもう一階上った。踊り場の窓が高い。屋上への出口は窓のない頑強そうな鋼製のドアで、施錠されていた。

「良かったね、鍵を持ってきて」西之園が鍵穴にキーを差し込んで回す。「このまえの飛び降りのあった日も、夕方にはちゃんと施錠が確認されていたんだって」

「でも、屋上で太極拳とかしている奴、いるからなあ。だいたいこんな簡単な鍵、今どきどうってことないんじゃない？」

西之園はドアを開けるまえに、手に持っていたキーを見た。どこでもスペアが作れる簡単なタイプのものだ。

ドアを押し開け、外に出る。冷たい空気が躰の周囲をぐるぐると駆け回った。急速空冷モードである。

「ああ、寒ぅ」反町は呟く。

西之園は、すたすたと先へ歩いていく。南側の手摺《てす》りまで行き、そこで立ち止まって、振り返った。

「どこら辺になるの？」彼女はきく。

もちろん、飛び降りた場所のことだろう。

「もっと、こっちだろうな」反町は右手を僅かに上げて示した。「病院の正面玄関のすぐ左くらい」

「えっと、外から玄関を見て、左？」

「違う、出ていって左ってこと」

西之園は移動し、また、手摺りに両手を置いて立った。彼女は下を覗き込む。

「この辺？」

「うん、そうかな」

屋上の外周のエッジから五十センチほど内側に手摺りがあったので、よほど身を乗り出さないと真下は見えないだろう。

「もしも自分で飛び降りたとしたら、最初に、この手摺りを乗り越えて、向こう側に一旦立つ……」西之園は淡々と話した。さきほどの酔っ払ったモードとはまるで異なる、別人格のような口調だった。「どちらを向いていただろう。きっと、落ちていく方だよね。向こう。そして、後ろで握っていた手を離した……」

「頼むから、試さないでよ」反町は言った。寒くて自分の声が震えているのがわかった。否、寒さだけではないかもしれない。

西之園は手摺りに片手を添え、こちら向きに立っている。屋上には照明がなく、周囲は暗い。月もなく、雲があるのか星も見えなかった。明かりはすべて地上から、つまり下から、空気に滲《にじ》むようにして、ぼんやりと届くものばかりだった。

反町は、友人の前に正対して立っている。間隔は二メートルほど。万が一のときは、飛びついて助けられる、と一瞬自分の立場を確認した。それくらい、西之園が深刻な表情に見えた。おそらく、暗かったせい、そして、押し殺したような彼女の発声のせいだったろう。けれど、そういった危うさが、そもそもこの友人にはある。昔からあった。いくら明るく振る舞っていても、いつでもふっと消えてしまいそうな脆《もろ》さで、西之園萌絵はできているのだ。反町はそれを充分に知っている。

「ねえ、もう戻ろうよぅ」彼女は提案した。

「もしも、ラヴちゃんが私を殺そうと考えているとしたら、どうやって、ここから私を突き落とす？」

「うーん、この状況から？　簡単じゃないなあ。飛びついていって、上半身を押すか、それとも、脚をすくえば……」

「悲鳴って上げないかな？」

「わからん。上げれるかな。そんな暇はないと思うけど」

「そうね。あっという間だよね。体力や体格に差があれば、苦もなくできそうね。そう……、こんなふうに話をしていて、私はなにも知らない。殺されるなんてこれっぽっちも疑っていない。これだけ無防備であれば、だけど……」

「あでも、そういう状況って、ちょっと考えられんと思う」反町は言った。

「どういうこと？」

「今ふっと思ったことで、なんとなくだけど、こんな時間、こんな場所に、二人だけで立ったとき、相手が自分を殺そうとしてるか、それとも、そんな気持ちはこれっぽっちもないか、それくらい、わかるんじゃないか？　うん、絶対わかると思うな」

反町は、西之園に一歩近づいた。西之園は表情を変えず、そのまま目を閉じる。その動かない顔を、反町はじっと見つめた。手を伸ばせば、彼女に触れることができる距離だった。

数秒間の沈黙。

西之園は目を開ける。そして、少しだけ口もとを緩めた。

「そうだね」彼女は小さく頷いた。

「何が？」反町はきく。

「今の洞察は鋭いわ。そのとおりだと思った。こんな場所で無防備でいられるほど相手を信用できるとしたら、それは、よほど親しい関係ってことだし、そんな関係だとしたら、ちょっとした雰囲気で、相手がしようとしていることを察知できるでしょうね」

「殺すなんてのは、よっぽど強い意志がないとできんと思う。衝動的にするんじゃなくて、自分は姿を隠したまま何人もの人間を殺したり、親しい人をずっと欺《あざむ》いて、騙し続けたまま隙をついて殺すなんて、そんなことができるっていうこと自体、自己コントロールがきちんとできる人間だって証拠だから……、社会的にもちゃんとした立場にいられるかも。僕には無理っぽいな」

「あるいは、殺すことが、それほど閾《しきい》値《ち》の高い行為ではない、という価値観もあると思うわ。なんていうのか、使い方が嫌な言葉だけれど、ゲーム的な……」

「それとも、セレモニィ的な、ね」反町も手摺りに寄りかかり、西之園の隣に立った。「つまり、宗教的ってことになるかな。宗教って、どうして人の命をあんなに軽く扱うのかって考えたことがあるけど」

「それはそうでしょう。死の恐怖から人を救うために存在する仕組みなんだから、当然ながら、命の軽さを主張する論理になるんじゃない？」

「ああ、なるほど。それは凄い洞察だな」反町は思わず吹き出した。「萌絵らしいよ」

「どういたしまして」西之園はこちらを向いて微笑んだ。「あのね、変なことをきくけれど、彼と二人で、こんな場所で、今から一緒に飛び降りて死のうって言われたら、ラヴちゃんどうする？」

「うーん……、あ、私はいい、遠慮しとくって」反町は答えた。

「本当に？」西之園は目を丸くする。

「君は、違うな」反町は口を斜めにして横目で睨んでやった。「はい、お供しますって、そういう道を貫くつもりだろう？」

「うーん、そうね……、考えどころだよね」西之園は、人差し指を立てて、口もとに当てた。「どうしましょう。これが、五年まえだったら、全然迷わなかったと思うわ。そんなことを言われるだけで嬉しくて涙が出たかも。はい、死にますって、絶対に頷いただろうなあ。でも今は、どうかしら。こういうのって、愛情の問題だと思っていたけれど、違うのね。どうして、こんなにクールになっちゃったのかしら」

「歳をとったからに決まってるじゃん」

「そう？　そうかな」西之園は小首を傾げた。「だとしたらね、歳をとることって、まんざら悪くもないわね」

「もうやめようぜ、お互いに滅入《めい》る話はさ。さあさあ、もう寒いから、戻って飲もう」

「どうして滅入るの？」

「お互い、歳をとったってこと。滅入るよ滅入るよ」

「いい女になりましたよね、ラヴちゃんも」

「何をいうか！」

　ペントハウスの方へ向かいかけたとき、西之園が急に立ち止まった。

「サイレン？」彼女が呟くように言う。

　遠くでサイレンが鳴っているのが聞こえた。だんだん大きくなっているようだ。

「ここへ来るんじゃない？」

「そんなのしょっちゅうだよ」反町は鼻から息をもらす。「一晩で多いときは五、六回は来るからな」

　しかし、さらに音が近づいてきた。

西之園は再び手摺りまで駆け寄り、下を覗き見た。

「こらこら！　危ないって」思わず反町も駆けつける。

「あ、来た来た」

「見える？」

「見える見える。救急車だ。あ、パトカーも。今、ガードの下を抜けてきた」実況中継を始めた。

手摺りから身を乗り出している西之園の躰を反町は支えているため、自分は見えなかった。

「おいおい、子供か、お前は」

「通り過ぎた。どこへ行くのかな」

「鶴舞公園？」

「まだ停まらない」

音はすぐ近くだが、救急車のサイレンの方は既に遠ざかりつつあった。

「M工大だ」西之園が言った。「よし、わかった」彼女は手摺りから離れ、ペントハウスの方へ駈けていく。「ラヴちゃん、何してるの、早く！」

「どこへ行くつもり……」

4

屋上のペントハウスのドアに鍵をかけ、二人はエレベータへ走った。反町は腕時計を見る。測定機が自動的に停止するまであと三十分だった。別にその場にいる必要はないけれど、次のサンプルを続けて測定するときは、タイムロスになる。

「鍵、戻さなくても良い？」西之園がきいた。屋上の鍵を事務室へ戻すことを言っているようだ。

「そんなの大丈夫」

「なかなかワインが飲めないね」

「そっちも大丈夫」

一階のロビィを駆け抜け、二枚のガラスドアを順々に押し開けて外へ出る。スロープを下りていき、駐車場を横に見ながら、歩道へ。

建物の前の道路は片側一車線である。時刻が時刻なので、走っている自動車は疎らだった。この道を東へ二百メートルほど行くとT字路になっているが、その突き当たりが、M工大の正門になる。

二人は早足で並んで歩いた。

「ああ、思い出すわぁ、あのときの事件」西之園が声を弾ませて言った。「ここを歩いて、M工大へ行ったのよ」

「そうか、そういえば、M工大が殺人現場だったんだ。女子学生……、えっと院生、だったっけ」

正門のゲートは開け放たれていた。夜間だからといって閉まることはないのだろうか、それとも今開いたところなのか。守衛が立っていたが、彼女たちが通り過ぎてもなにも言われなかった。キャンパスの中に足を踏み入れると、奥に野次馬らしき人が集まっている場所が見えた。一番高い正面の建物のすぐ手前である、広場のようなスペースで、赤い回転灯が動いていた。

救急車の後ろにパトカーが駐車されている。建物の窓から顔を出して覗き見る者、外に出てくる者、どんどん人が増えている。既に三十人はいるだろう。深夜とはいえ、工学系の研究棟が近い。夜もある程度の人間がいたということである。近づいていくと、警官が声を張り上げて、近づかないように、と注意をしていた。

「ううぅ、寒」反町は呟く。「ああ、なんで、こんなとこへ来なかんのぉ。帰ろうぜ、もう……。どうせ、実験中に、倒れた奴でもいたんだろ」

「ちょっと、待って」西之園が振り返る。「なんとなく、気になっただけ。パトカーは呼ばないでしょう、倒れただけならば」

「間違えて来ただけかもしれんじゃん」

大勢が集まっている最前列の横に出る。救急車の向こう側に、警官と救急隊員が立っていた。道路から一段上がった、芝のある場所で、低い樹木の奥だった。隊員の一人は携帯電話を耳に当てて大声で話をしている。もう少し移動して、彼の足許に、人間が倒れているのがようやく見えた。しかし、手前の樹木にほとんど遮られていて、全体像はわからない。

「どうしたんですか?」近くに立っている白衣の男性に西之園は尋ねた。

「飛び降り自殺みたいだけど」顔をしかめて、その男が答える。

西之園は建物を見上げた。反町も上を向く。十階以上あるだろう。該当範囲の壁面には途中に窓はなかった。ということは、屋上からだろうか。

二人はさらに横へ移動する。

パトカーがまた正門から入ってきた。二台めだ。野次馬がどいて、道を空けた。

西之園が突然歩き始めた。真っ直ぐに目的地へ近づくコースだった。五メートルほど行ったところで、一度振り返って、反町を一瞥した。どういうことだろう。一緒に来い、という意味なのか……、それとも、貴女はそこで待っていて、という優しい配慮だろうか。否、絶対に後者ではない、と反町は確信した。自分も医師の端くれである。素早く気持ちを切り換え、一度早い深呼吸をしてから、西之園のあとを追って歩きだした。

　警官の一人が、西之園が近づくのに気づき、こちらへ出てくる。しかし、あまりにも堂々と歩いていたためだろう、関係者だと思われたようだった。

　無言のまま、西之園は倒れている人物の方へさらに近づく。

　警官が反町の方を睨んだ。

「あの、私は医者です。N大病院の者です」彼女はそう言った。

「あ、ご苦労様です」警官が頭を下げる。

　西之園は、既に救急隊員の横で膝を折り、怪我人を見ていた。反町も彼女の横へ進み出る。

　若い女性だった。

　少し横の地面が明らかに窪んでいる。そこに落ちて弾んだのだろう。舗装面でなかったため、多少は衝撃が少なかったかもしれない。しかし、見ただけで両脚の複雑骨折は間違いないと判断できた。問題は頭だ。仰向けになっていたが、顔面に大きな損傷は見当たらなかった。出血も、枯れた芝の上なので、量の多少は判断できない。口を開け、まだ生きている。意識はあるだろうか。いずれにしても、朦朧《もうろう》としているだろう。ほんのときどき、瞳が動いた。

　反町は、救急隊員のところへ行き、どこへ運ぶのか尋ねた。

「N大病院です。今連絡しました」彼は答える。

自分にできることはなさそうだ。病院は近い。救うことができるかもしれない。早くしなければ……。

担架に乗せる準備が始まった。

西之園も立ち上がり、男たちの作業のために後退する。怪我人はアルミの担架に乗せられ、ベルトで固定される。さらにシートをかけ、救急車の後部へ素早く運ばれる。収納されると、隊員たちが一度声をかけ合い、リアのドアが閉められようとする。

そのとき、ようやく明るい場所に出たためか、それとも風で髪が動いたのか、その女性の顔がしっかりと見えた。

反町は、驚いた。

「ちょっと、待って!」彼女は叫んだ。

白い頰に、赤い文字があった。

初めはそちらが下になっていたので、全体が見えなかったのだ。今、その文字は、全体がくっきりと浮かび上がるように鮮明になっていた。

θの一文字。

「どうしました? いいですか?」救急隊員がこちらを見て、反町に尋ねた。

「あ、すみません」彼女は首をふった。「行って下さい。お願いします!」

ドアが閉められ、サイレンが唸りを上げる。

人が周辺へ散り、救急車は動きだした。

西之園が反町に近づいてきた。

「ラヴちゃん？　大丈夫？」

「うん？　何が？」

「びっくりしたでしょ？　あのマーク」

そうだ、そういえば、例の赤いθ。

「ああ、そうだね」言葉がもれる。意外にも感情が籠もらない、機械的な返事だった。

「どうしたの？」

「違う」反町はまたゆっくりと首を左右にふった。「そうじゃない」

そんなことで驚いたんじゃない。

目を瞑り、もう一度、自分に落ち着くように言い聞かせる。

深呼吸をした。

「何？」西之園の声。

反町は目を開けて、それから時計を見た。

「あ、もう戻らなくちゃ」彼女は言う。「ああ……、大変なことになったなぁ」

「何なの？」

「たぶん、間違いないと思う」

「何が？」

「今の子……」反町は、そこで唾を飲み込んだ。「郡司先生のお嬢さんだと思う」

「え？」西之園の目が大きくなった。「まさか……」

「たぶん」

西之園は建物を仰ぎ、目を細める。そして今度は振り向き、ゲートから出ていく救急車を見送った。

「僕、測定があるから研究室に戻らなきゃ」反町は言った。「こんなときに冷静なこと言っている自分が凄いと思うけど。萌絵は？　どうすんの？」

「ちょっと、この近辺を調べてから、そちらへ行くわ。三十分くらい」

「調べるって、何をするの？」

西之園はまた建物を見上げた。

「ちょっと、上を見てくる」

「嘘ぉ！」反町は驚く。ただでさえ寒いのに全身がぞっとした。「やめてよ」

「どうして？」

「危ないじゃん」

「どうして危ないの？」

「酔ってない？」

「大丈夫だよ」

「本当？　気をつけてよ」

「何に？」西之園が首を傾げて尋ねた。人形のように無表情だったので、これまた反町はぞっとする。

「だって……」

何だろう、と反町は考える。

殺人者がうろついている、という言葉が口から出そうになった。しかし、そんな恐ろしいこと、口にするだけでも恐い。それはありえない。

「本当に本当に大丈夫？」それだけしかきけなかった。

「大丈夫、飛び降りたりしないから」彼女は可愛らしい笑顔で頷いた。

きっと悪魔がいたら、こんな美人に化けて、こんなふうに魅力的に微笑むだろう、と反町は連想した。

5

西之園はその建物のロビィに入り、エレベータのボタンを押した。警官たちはまだ外にいる。ロビィの中には誰もいなかった。この建物は、研究棟ではなく教室棟のようだ。教室ならば、夜間は無人である。ロビィの照明も、最低限のものしか灯っていなかった。

エレベータが到着して、戸が開いたときに、白い光が漏れ出た。もちろん、誰も乗っていない。彼女は一人でそれに乗り込んだ。エレベータのボタンには指紋を付けないように注意して、持っていた携帯電話のアンテナで押した。

上昇する加速度を感じながらゆっくりと深呼吸。

頭の血が引いていく感じがした。貧血は最近あまりない。体調は若い頃よりもずっと良いかもしれない。おそらく、ストレスがないせいだろう、などと分析するうちに、最上階の十一階に到着。ドアが開いた。

誰もいないホールの照明が灯る。階段室はすぐ隣だ。念のために逆へ行き、通路へ出る。講義室か会議室らしいドアが幾つか並んでいた。耳を澄ませたけれど、もの音一つ聞こえない。

階段室へ戻る。コンクリートの匂いがした。建物自体がまだ新しいからだろう。階段室よりも奥に、トイレがあった。男女を示すサインが壁から突き出ていた。

屋上よりもさきに、そちらを見たくなった。理由はよくわからない。しかし、自分がこれから屋上へ出て、そして飛び降り自殺をするのならば、最後に身だしなみを確認したくなるのではないか、という気が一瞬したからだった。

女子トイレに入る。人間を感知して蛍光灯が白く輝く。洗面所、鏡、奥にはドア。殺風景な繰り返し。一番奥は、ガラスブロックの壁面。外の光が入るようになっている作りだが、今は室内の光を反射してグリーンに見えた。

誰もいない。

鏡の前に立ち、自分の姿を見た。そして、左に光るものを認めた。一番左の蛇口の近くに、金色の小さな物体を見つける。

近づいて確認した。

口紅だ。

手を伸ばし、しかし、すぐにその手を引っ込める。

斜めに倒れていた。

バッグからティッシュを取り出して、摘み取る。

キャップがされているので、中の色は見えない。

丁寧にティッシュにくるんでバッグのポケットに入れる。

そこでまた深呼吸。

しんと静まり返った空気が重かった。

再び通路に出る。

隣の男子トイレは照明が消えている。中に人がいないことは確かだ。西之園は階段室へ行き、上を見た。

鉄骨の階段とパンチングメタルのステップ。ペントハウスの床は下から透けて見える構造だった。ドアには窓ガラス。出られるはずだ。

そこまでステップを上がっていく。

ドアの窓から外を眺めた。

袖口の手を引っ込め、ドアのレバーを動かす。鍵はかかっていない。施錠できる構造にはなっているが、施錠されていない状態だった。彼女はレバーを押し下げ、ドアを躰で押して外に出た。風圧を少し感じたものの、それよりも躰を貫くような冷たさの方がずっと辛かった。

屋上は広くない。反町なら悲鳴を上げただろう。彼女の言葉や声まで想像できた。周囲には同じ高さの建物がなく、三百六十度の夜景が展開していた。

ペントハウスから数歩離れ、念のため振り返って死角になる場所を確かめた。ここには誰もいない、ということはすぐにわかった。

屋上の周囲は白いシンプルな手摺りに囲まれている。中央部に空調の設備が固まっている部分がある。西之園はそちらへ歩いて、隙間も覗き込んでみた。人が隠れられるような場所はない。

それから、手摺りに近づく。方角からして、飛び降りたとしたら、この辺りからだろう、という箇所には近づかないようにした。警察の鑑識課がもうすぐここへ来るからだ。

少し離れて観察した感じでは、この場所に残っているものはなさそうだった。そういえば、怪我をしていた彼女は、靴も履いていた。紐を使うスニーカだった。上着はスタジアムジャンパ、下は灰色のジーンズだったはず。そういったイメージが、つぎつぎに頭の中で再生された。

今頃は、病院へ到着して集中治療室だろう。なんとか助かって、話ができるようになれば、事件は大きく前進するのではないだろうか。

否、それよりも……、

単純なことだが、

命は消えない方が良い。

絶対にその方が、嬉しい。

そう思った。

突然、奇妙な音。

バッグの中の携帯である。

慌てて、それを取り出す。ディスプレィが眩しいくらいだった。そこに現れている名前を見て、西之園は深呼吸をした。

一瞬だけ躊躇してから、彼女は電話に出ることにした。

「もしもし」犀川の声である。

「はい」

「あれ、今どこ？」

「ご用は何ですか？」なんという嫌らしい台詞、と自分で思った。

「あの、えっと、悪かった。謝るよ」

「何をですか？」声を押し殺し、努めて平静さを装った。事務的な口調になっているのはそのためである。自分で話していて嫌悪感を感じる。吐きたくなるくらい気持ち悪い。

「ああ……、もちろん、約束をすっぽかしたことだよ。今から迎えにいく」

「もう遅いと思います」

「え？」

「電話は、どうもありがとうございます」

「どこにいるの？」

「え？　うーん、説明が難しいですね」

「大丈夫、どこへでも行くから」

「えっと、M工大の新棟の屋上にいます」

「え？」

「本当ですよ。寒くて死にそう」

「何をしている？」

「飛び降り自殺について、調査中です」

「ちょっと待った。西之園君。お酒を飲んでいるね？」

「はい、ちょっとだけ。飲まずにいられたと思います？」

「あ、えっと……、あのね。困ったなぁ。とにかく、そこからすぐに下りなさい。えっと、下りるって、その、階段かエレベータを使ってだよ」

「当たり前じゃないですか、他にどうやって下りるんですか？」

「いやいや。そうそう、そうだよね。いいぞ、その調子だ」

「何が言いたいんですか？　先生、大丈夫ですか？」

「え、僕？　僕は大丈夫だよ。落ち着いてね。すぐに迎えにいくから、えっと、十五分くらい」

「飛ばさないで下さいよ。危ないですから、先生の運転は」

「そんな場合じゃないだろう！」

「え……、どうしたんです？」

「西之園君、落ち着きなさい」

「いえ、先生こそ、落ち着いて下さい。私は大丈夫ですから、寒いったって、ちゃんとオーバくらい着ていますし。大丈夫ですよ」

「うん、うん」

「とにかく、会ってから、もう一度、しっかり議論しますからね、そのおつもりで」

「うん、わかったわかった。しっかりね。大丈夫だから」

「なんか心配になってきちゃったわ」

突然、電話からもの凄い雑音が聞こえる。

「あ、先生！　どうしたんです？　ちょっと、大丈夫ですか？」

また、がさがさという音。

「あ、ごめんごめん。今、部屋を出たとこ。携帯を落としちゃって……」

「ゆっくりでけっこうです。私なら、しばらくここにいますから。近くに着かれたら、また電話して下さい」

「本当に大丈夫だね？　早まるんじゃないよ」

「はぁ？　謝るんじゃないんですか？」

「違う違う、早まるなって言ってるんだ」

「どうして私が謝るんですか？　そんなつもりありません」

「違うって。早まるな、はひふへほのは、ハガキのは」

「早まる？」

早まるって……？

ようやくそこで理由がわかった。

西之園は笑いだした。

「西之園君？」

「ばっかみたい！　もおう、何を考えているんですか？　ああ、いやだ、もう、違いますよう。事件なんですよ。M工大で、今、飛び降り自殺をしようとした人がいて、その人は、もう病院へ運ばれました。傾にね、また赤いθの文字があったんですよ。どうです？　凄いでしょう？」

「ああ、なんだ、そうか……」犀川の溜息混じりの声。「なんだぁ、そう、そんなことか……、ああ、びっくりした、まったく、人騒がせな」舌打ちする小さな音が聞こえた。「驚かさないでほしいな」

「あれ、怒っていません？　そういう立場ですか？」

「いや、いや怒ってないよ、全然」

「すぐ迎えにきていただけますか？」

「メールを読んでからにしようかな」

「駄目です」

「わかった、すぐに行くよ」そのあと溜息が聞こえてから、電話が切れた。

「しまった」思わず西之園は呟く。「もっと心配させてやれば良かったぁ……」

6

近藤がM工大の現場に駆けつけたのは通報から四十分後のことだった。捜査一課では一番乗りである。まだ鑑識課も出揃っていない。

しかし、大学のゲートを抜けた敷地内で、黄色の小型乗用車が目につき、しかもその前に立っていたN大の犀川助教授の姿を発見したときは本当に驚いた。思わず急ブレーキをかけてしまったほどだ。

助手席の窓を開けて、犀川を呼ぶ。彼もこちらに気づいて、近づいてきた。

「こんばんは、近藤さんでしたか。誰かと思いましたよ、こんなところで」犀川は両手をポケットに突っ込んだまま、頭を下げ、車の中を覗き込んだ。

「先生こそ、何をしてらっしゃるんですか？　こんな時間に」

「うーん、ちょっと野暮用で」

「こちらへも、ちょくちょくいらっしゃってるんですか？」

「いやいや……、別にそういうわけじゃあ」そう言うと、犀川は建物の方を見上げていた。「あそこから飛び降りたらしいですね」

近藤は諦めて、脇へ車を寄せ、エンジンを切った。無線で到着したことだけを本部に知らせてから、車外に出る。もう一人来ることになっている。本格的な捜査活動はそれからだ。犀川はといえば、既に建物の近く、人混みの方へ歩いていってしまった。

「先生」近藤は彼を追う。「あのぉ、ちょっと、ねえ、何をしに来られたのか、教えて下さいよ」

「事件があると聞いたので」犀川は一瞬だけ近藤を見た。「まあ、そんなわけで、来てみました」

「はぁ？ そんな……」犀川の言葉が信じられない近藤である。「どうしちゃったんですか。そんな、凄い事件なんですか、これは……」

しかし、犀川は移動してもう離れてしまっている。どんどん歩いていく。建物へ向かっているようだった。しかたなく近藤は犀川の追跡を断念し、植え込みを乗り越えて、警官たちがいる場所へ向かうことにした。

そこで説明を聞き、相棒にも電話をかけたが、まだ到着には時間がかかりそうだった。そうこうしているうちに、鑑識課の部隊がワゴン車で到着したので、そのうちの二人と一緒に、屋上へ上がることにした。

最上階でエレベータのドアが開く。

目の前に、犀川助教授と西之園萌絵が立っていた。

「あ……、先生、こちらでしたか」

「ええ、こちらです」犀川が言った。

「西之園さんも……」エレベータから出て、近藤はもう一度頭を下げる。「いつの間にいらっしゃったんですか？」

「いいえ、私はもう三十分くらいまえからここに」西之園が笑顔になった。「えっと、この上ですね。あちらの階段からです」彼女は、鑑識課の二人を見て言った。「ドアは開いていました。指紋を消さないように注意しましたから……」

係員二人は近藤を一瞥してから、階段室の方へ歩いていった。

「近藤さん」西之園が小声で言った。バッグからティッシュに包まれたものを取り出して、中身を広げてみせた。金色の口紅だった。「そこの、女子トイレの洗面所で見つけたんです。こんなに早くいらっしゃるのなら、そのままにしておけば良かったですね」

「いえ、ご協力ありがとうございます」近藤はそれを受け取った。

「飛び降りた人は、どうですか？」西之園が尋ねる。

「あ、いや、連絡はありません」近藤は首をふった。

「誰だったの？」犀川が一言きいた。おそらく、飛び降りた人間のことだろう。

「それが……」西之園が難しい顔になる。

「あの、もしかして、誰なのか、ご存じなのですか？」近藤はきいた。

「はっきりとしたことではなくて、私の友達の反町さんが、たぶん、そうだろうって言っていたのですけれど、N大医学部の郡司教授のお嬢さんではないかって」

「え、本当ですか？」近藤は驚いた。

「わかりません。確認したわけではありませんし」西之園は答える。「近藤さんは、まだ、ご覧になっていないんですよね？」

「ええ、僕、たった今来たところですから」

「ここに……」彼女は、顔を横に向けて、自分の頬に指を当てた。「θの赤い文字が書かれていました。今までで一番目立つ位置だと思います。誰が見てもすぐにわかる場所ですから」

「この口紅でそれを書いた、ということですね」近藤は自分が手に持っているものをもう一度眺める。

「初めてですね」犀川が言った。

「え、何がですか？」近藤は顔を上げる。

「口紅が出てきたのは、初めてなのでは？」犀川は無表情だった。

「あ、ええ、そうです。初めてですよ」近藤は頷いた。「もちろん、これは全然違うかもしれません」

「それ、ブランドもので、かなり高価なものです」西之園が言った。「置き忘れるということは、ちょっとないかと……。つまり、偶然ではないと思います」

「じゃあ、なんですか……」近藤は振り返って、トイレの方を一度だけ見る。「ここで鏡を見ながら、自分の顔にθを書いた、それから階段を上がって屋上へ出て、手摺りを乗り越えて飛び降りた、とおっしゃるんですね？」

「なにも言っていません」西之園は微笑んだ。「とにかく、私が一番にここへ上がってきた。誰もいませんでした。その事実だけを、ご参考までに……」

「えっと、あの……、参考のためにおききしますけれど、またどうして、西之園さんがここにいらっしゃったのですか？　それをまだ伺っていませんが……」近藤は質問をぶつけた。

「いいえ、偶然です。N大病院の反町さんの研究室にいて、このまえの飛び降りの現場を見ようってことになって、屋上へ上がったのです。そうしたら、サイレンが鳴って、下を覗いてみたら、病院の前を救急車とパトカーが走っていく。こちらのM工大へ入っていくのが見えたのです」

「で、のこのこと見物にきた」横で犀川がつけ加えた。

「のこのこ？」西之園がゆっくりと発音したあと口を尖らせる。

「あ、いや……、はい、よくわかりました」近藤は慌てて、二人の注意を引く。「それで、警察より早くここへ上がられたわけですね。ええ、とても良い判断だと思います。とにかく、僕も上を見てきます。犀川先生は、どうされますか？」

「いや、僕は帰ります。えっと、西之園君と一緒に、ですけれど」

「えっと、犀川先生は、どうしてこちらへいらっしゃったんですか？」近藤は犀川にも質問をぶつけてみた。

「いや、僕は、その……」

「迎えにきてもらったんです」西之園が言った。

「へえ……」近藤は犀川へ視線を戻す。

犀川はメガネを少し持ち上げてから、小さく頷いた。

「じゃあ、帰りましょうか、先生」西之園が犀川の手を摑んで引っ張った。

「あれ、反町さんのところへ行くんじゃないの？」犀川がきいた。

「近藤さん、明日またご連絡しますね」西之園は、犀川をエレベータの中へ押していく。「お疲れさまです。おさきに失礼しまーす」

「あ、はい……、どうも」近藤は片手を持ち上げた。

エレベータのドアが閉まるまえに、西之園が子供番組の司会者のような笑顔で手を振った。

なんという怪しい二人だろう、と近藤は思う。

7

エレベータのドアが閉まるなり、西之園は犀川を睨みつけ、手を腰に当て、躰で抗議を示した。

「凄いな」犀川は言った。

「何がです?」

「なにもかも」

エレベータは二人を地上へ引き戻す。暗いロビィを抜けて、外に出ると、警官がロープを張っていた。こちらをちらりと睨んだものの、特に声はかけられなかった。ワゴン車が三台少し離れた場所に駐車している。制服の係員の姿が十人ほど見えた。器具の準備をしている者、配置図だろうか、ボードの紙に図を描いている者、カメラで建物の前面を撮影している者。女性の係員が二名。あとは男性のようだった。これで全員ではないだろう。

そういった対象には見向きもせず、犀川は黙って駐車場の方へ歩いていった。四階建ての古い建物がそちらにある。以前に一度そこへ入ったときのことを西之園は思い出した。

芥子《からし》色の車は、闇の中に立つ常夜灯の光をボンネットにのせていた。そのすぐ向こうには金網があり、さらに奥にはネットが立っていた。運動場があるようだ。西之園は振り返って、問題の建物を見た。屋上を見上げてみたけれど、なにもわからない。下からは手摺りさえ見えなかった。ぼんやりとした背景の空の方が、建物のシルエットよりも明るい。

犀川がドアを開け、さきに乗り込む。助手席に回って、彼女もドアを開けた。

「どう思います？」西之園はシートに座ってからきいた。それ以外に、この場に相応しい数々の言葉が確かにあったのだが、すべてを力ずくで葬り去った。

「うん」犀川はエンジンをかける。「自殺じゃないかな」

「どうして？」

「本人にきいてみれば、わかるんじゃない？」

「あ、ええ……」西之園は頷く。シートベルトを引き出してロックするとき、ハンドブレーキを解除する犀川の手に一瞬触れた。その手を、もう一方の手で、なんとなく撫でてやった。「しゃべれるようになれば、ですけれど。でも……、話すかしら、こういうものって」

「こういうものっていうと？」

「何を信じて、自分の命を絶とうとするのか、という問題です。うーん、違うな」彼女は首をふっていた。「信じている、という幻想を見ているだけですものね」

「見えるものは、すべて幻想だ」犀川は、後ろを振り返り、車をバックさせた。

「あ、えっと、すみません。まず、N大病院へ」西之園は指で方角を示す。「反町さんに、挨拶してこなくっちゃ」

「電話では駄目?」車を進めながら、犀川が言った。

「そんなに時間が惜しいですか?」彼女は意識して笑いながら言う。「もう、すぐに帰りたいとか?」

「そういうわけじゃないけど」

「あらら……」バッグから携帯電話を取り出して、コールする。耳に当ててしばらく待った。「あ、ラヴちゃん。ごめんなさーい……」

「どうなった?」反町の声。「ちっとも帰ってこないからさ、心配で心配で、今かけてみようかって思ったところだよ」

「あのね、犀川先生が迎えにきたの。今、彼の車です」

「うわぁ、何それ……、それはまた急展開だがね」

「そうなの」

「どうしてどうして? どうなったの? え? 何があったの?」

「うーん、ちょっと今は……」

「ららら、ちぇ……、じゃあ、もう帰るのかぁ。このワインはどうするの？　私がもらうよ……、て、もう飲んでるんだけれど」

「あ、やっぱり。なんか、口調が変」

「酔っ払ってないぞ、馬鹿。そんなもん……。あぁあ、でも、どうしよう。どうしたらいい？」

「えっと、郡司先生のお嬢さんだっていうのは、確かだった？」

「わからない」

「それじゃあ、今悩んでもしかたがないわ」

「そうだなあ、うん。確かにそうだ。うん、やっぱり、今はこれを美味しく飲もう」

「いいよ。全部飲んじゃって」

「飲めるかよ、こんなに」

「ごめんなさいね」

「明日、また電話するから」

「そうね、そうして」

電話を切った。西之園は溜息をつく。どういうわけか、急にしんみりしてきた。眠かったせいかもしれない。バッテリィ切れかもしれない。手に持った携帯電話のディスプレイを見たが、もうバックライトが消えていた。

車はメインストリートへ出て、一番左の車線をゆっくりと進んでいる。別の表現でいうと、のろい。

「ごめんなさい」西之園は小声で言った。

沈黙。

横を見る。彼の横顔を見る。

信号で車が停まった。

犀川がこちらを向いたので、その視線をしっかりと受け止める。

「もう、全然怒っていません」彼女はつけ加えた。

「えっと、後ろに僕の鞄がある。開けて、手前のポケットを見てごらん」

西之園は躰を捻って、後部座席の鞄に手を伸ばした。犀川の鞄は重い。まえに一度中を見たことがあるが、何年分もの書類が溜まっている感じだった。手前のファスナを開けると、財布、カード入れ、筆記具、携帯電話、それに電池が入っていた。

「携帯電話があるだろう。出してみて」

その携帯電話を取り出すと、細いコードがつながっていて、途中で引っ掛かった。さらに、注意して取り出すと、コードに単三電池が三本もぶら下がって出てくる。ビニルテープでお互いに固定されていた。

「何ですか、これ」

「事情を説明するのが面倒だけれど」運転しながら犀川は語った。「ようするに、携帯電話のバッテリィがなくなった、ということだね、端的に言えば。会議をしていた場所は町中のビルの会議室で、夜間だったために事務所も閉まっていて、電話が使えない状況だった。たまたま、プログラム電卓を持っていて、その中に単三電池があった。コードも手持ちのイーサのケーブルの一本を犠牲にした。こんなことができたのも、なにかあるときのためにと、カッタナイフとビニルテープを常備していたおかげだ」

「これで、さっき電話してきたんですか？」

「そういうこと」

「なにかあるときのために、ちゃんと充電しておいて下さいよ」

「まあ、そういう手もあるかな」

「ああ……」大きな溜息が出た。「ビルの外に出れば、電話ボックスがあったんじゃないですか？」

「僕は、君みたいに、電話番号を覚える習慣がない」

「え、私の携帯ですよ？」

「ああ」

「たった、十一桁の数字なのに？」

「ああ」

「一番大事な十一個だと思いませんか？」

「いや……」

「信じられない。それじゃあ、電話帳でお調べになるか、NTTにおききになるかして、諏訪野《すわの》に電話して……」

「それがね、生憎《あいにく》、今日は財布を忘れてしまって」

「ああ……」西之園は溜息をついた。「怒っちゃ駄目、怒っちゃ駄目、こんなことで怒っちゃ駄目」

車はそのままのろのろと走った。

呼吸を整えることに、西之園は集中する。

ヨガに似ているな、と思った。

「事件のことを話そう」彼が言った。

「え？」

「聞いていない情報があるかもしれない。もう一度、説明をしてくれるかな」

「あ、はい……」西之園はシートに座り直した。

深呼吸を一度してから頭を回転させる。少しずつ少しずつ回転数が上がり、数々の信号がネットワークを行き来した。

「残念ながら、有用な情報はあまりありません」彼女は、その言葉から始め、これまでに自分が得たものすべてを時系列に並べて説明した。唯一の例外は、反町愛が郡司教授から分析を依頼された口紅のことだった。これだけは、もう少し黙っていた方が良いだろう、と思えたからだ。途中で車がスタートしたが、既に自分たちの躰が現在いる場所はコミュニケーションには無関係になっていた。

断片的であり、取るに足らない情報ばかりだ。現状における一般的な解釈は、もちろん、自殺をした五名。そのそれぞれに、個人的な理由があっただろう。しかし、関連は希薄。偶然にも、彼ら彼女らが、同じ宗教的組織、あるいは集団に関わりを持っていたかもしれない。そのために、飛び降り自殺を図る直前に、自分の躰あるいは身近なものに、ギリシャ文字のθを書いた。その文字は、同一の口紅で書かれたものだと判明しているが、これは、同じメーカの同じ製品という意味だろう。唯一一本のものが使われたという確証はない。

「今回、私が見つけた口紅が、もしもあの文字を書いたものだとしたら、非常に特別なケースです。これまでには、なかったことですから」西之園は話した。それは、さきほど、犀川が近藤に言っていたことと同じであり、犀川との会話を発展させるための呼び水として使ってみた。

「どんな文字だった？」犀川が尋ねる。

「えっと、左の頬に、わりと大きく書かれていました」

「ちょうど、口紅を自分の手で持って、鏡を見て書いたときみたいに？」

西之園はそのイメージをしながら、実際に右手で左手の頬に指を当ててみた。

「そうですね。そんな感じです」

「これまでのものよりも、文字が大きい？」

「あ、どうでしょう。私も実物を見たわけではありませんけれど、でも、話に聞いているのは、三センチくらいで、かなり小さく書かれたものだったと思います。今回は頬全体に書かれていて、サイズ的にはこれまでの倍くらいはあったかもしれません」

犀川は頷いただけだった。

しばらく沈黙。

右の車線をタクシーが次々に追い抜いていった。自分が運転しているときには、このような光景は見たことがない西之園である。だが、文句はない。現状に不満はまったくない。特に腹立たしくもなかった。ついさきほどの感情はどこへ行ったのだろう？

「どうですか？　どういうふうに考えたら良いでしょう？」

「うーん、考えてもしかたがないものか、それとも考えるべきものか、が最も重要な疑問だね」

「それはそうだと思います。つまり、すべて個々の自殺なのか。それとも、自殺に見せかけたシリアルキラなのか」

「シリアルキラ？」

「連続殺人の可能性です。五人の人間をすべて、一人の人物が殺した、という可能性があるのか……。もし、そうならば、出遅れてはまずいでしょう。英知を結集して立ち向かわなければなりません。放っておくわけにはいきません」

「うん」犀川は無表情で頷いた。「当然ながら、そのシリアルキラの方も、それを望んでいるはずだ。英知をもって挑んできてほしい、相手になってほしい、それが、最も大きな動機だからね」彼はそこで言葉を切った。しかし、ステアリングを握り、前を向いた姿勢のまま動かない。「少なくとも、今回の殺し方は、殺す方法に特殊性がない。人体を傷つける行為に価値を見出しているのではない。突き落とすという殺し方は、それとはまったく方向性が違う。だとしたら、自分の存在を追ってほしい、という動機くらいしか、もう残されていない」

西之園は犀川の言葉をすべて吸収しようと必死だった。頷き、そして、イメージを後回しにして、まず鵜呑みにする。記憶することを優先する。そういったモードで聞いていた。

「ただ、その場合も、最も重要なことは、自分のサインだ」

「そうです」

「いろいろな方法でするとは思えない」犀川はちらりとこちらを向いた。「したがって、一人の人間ではない、という可能性があるし、また、さらに現実的な可能性は……」

「一部は本当に自殺であって、それに紛れて行われた殺人？」西之園は早口で言った。

「そうだ」犀川は頷いた。それから、少し口もとを緩める。「まあ……、そこまでかな」

「そこまでって？」

「それ以上に断定することは、たぶん不可能」

「うーん、そうですよねぇ……」彼女は息を吸った。「そうだなあ、どう考えたって、その可能性が一番高いですよね。パソコンのカルト集団に、あまり囚われない方が良いかもしれません」

「いずれにしても、本質ではない。宗教という形態自体が、メディアだからね」

「どういうことですか？」

「神様が必要となる理由は、基本的には責任転嫁のメカニズムなんだ。誰か他の者のせいにする。そうすることで、自分の立ち位置を保持する、というだけのこと」

「自殺したりするのは、どうなのです？」

「神様がいてもいなくても自殺はある。人間として、本質的に選択可能な行為だからね。ただ、神様という記号によって、解釈をしようと試みる、言い訳を作ろうと試みる、あるいは逆に、その解釈と言い訳によって、自殺を思いとどまらせる、という使用法もある。それだけ」

「本質的に選択可能なのは、どうしてですか?」

「人の知性が高まったことで、生命維持活動から自身を切り離すことができた結果によるものだろうね」

「では、賢いから自殺するのですか?」

「ある意味ではそのとおり。未来予測の能力が前提だ」

「そうか……」また溜息が出た。「滅入りますね、こういう話をしていると」

「健全な証拠だね」

「ありがとうございます」

気分が格段に良くなっていた。理由は明らかだ。久しぶりに多くの言葉を交わすことができた、そのことで自分は満足している。西之園は自分の分析に自信があった。

第5章　推し量るべき真相の把握と評価について

或る宗派の旗幟とする教義が、公認された一切の宗派に共通の教義よりも、より多くの活力を保留するのは何故であるか、また教師たちがこのような教義の意味を活かしておくためにより多くの努力を払うのは何故であるか、ということについては、疑いもなく、多くの理由が存在している。しかし、その一つの理由は、確かに、特殊の教義はより多く論争の的となるし、また公然の反対者に対してより頻繁に弁護されねばならない、ということである。戦場に一人の敵も存在しなくなるや否や、教える者も学ぶ者も共にその持ち場で眠りはじめるのである。

1

赤柳初朗は、その建物の前の道路に車を停めて待っていた。そこが指定の場所だった。まだ少しだけ早い。こういった場合、必ず早めに到着し、相手を待つ方を選ぶ。待たせるよりも気が楽であるし、また、安全だからだ。

　窓の外に見える建物は巨大だった。鉄柵で囲われている前庭は広場といえるほどの面積で、車が百台は優に駐車できるだろう。都会の真ん中に、このような土地が遊んでいることは、実にもったいない。今は誰もいないようだ。その奥に建つ体育館のような建築物にも、人の出入りはなさそうな雰囲気だった。入口は閉ざされている。看板の類は一つもなかった。この建物が何のための施設なのか、周囲を歩いただけではまったくわからない。そうして、人々の忘却を静かに待っているかのような佇《たたず》まいである。古いコンクリートにはひびや補修の跡が目立ち、蔦《つた》に覆われている部分も多い。しかし、今はもう日が沈み、それらも一切闇の中に溶けつつあった。エンジンは止めていたため、車内の時計も暗くて見えにくくなりつつある。まだ五分ほど時間があった。

　ぐるりと周囲を見回して、確かめる。近づいてくる者の姿はまだ見当たらない。

　最初に三ヵ所ほどへ電話をかけ、ようやくメールアドレスをきき出すことができた。そこへ連絡をしたところ、この場所へ来いという返事が戻ってきた。あまりにもあっけないので、半信半疑。否、八割方は疑っている。

　それ以前に、この建物を所有している人物、あるいは団体について、手を尽くして調べたのだが、まったく不明だった。現在の管理者は表向きはある不動産屋であり、そこがまた胡散臭かった。一応は売りに出ているようだが、法外な値段が付けられている。売る気があるとは到底考えられない。そちらの方面からの調査は行き詰まってしまった。残る頼りは、今日、今ここへ来るかもしれない人物だけである。

バックミラーに一人映った。歩道をこちらへ歩いてくる女性だった。長いスカートに短いオーバ。首にマフラを巻いているようだ。

赤柳は振り返って見る。若い女ではない。違う。奴ではない、と思ったが、他には接近する人物はいない。一人だけだ。だんだん近づいてくる。赤柳はその彼女を目で追った。車の横を通り過ぎる。向こうもちらりと、こちらを見た。

三メートルほど行き過ぎたところで立ち止まり、引き返してきた。頭を下げて、車の中を覗き込む。赤柳はウィンドウを下げた。

「赤柳さん？」女は言った。

「そうです」

「乗ってもよろしい？」

「ええ、どうぞ」

ドアを開けて、彼女は乗り込んできた。身のこなしが滑らかではある。

「で、用件は？」彼女は車の周辺を眺めながら言った。

「彼は、来ないのか？」赤柳はきいた。

「質問をしているのは、私です」彼女はシートにもたれかかる。両手をオーバのポケットに突っ込んでいた。

「貴女が何者かわからないのに?」赤柳は鼻から息をもらした。「ポケットから手を出さない奴は、信じられない」

「寒いんだもの。ああ……」彼女は早い溜息をついた。「ここに来たこと、赤柳という名前を知っていること、それで充分なのでは?」

「用件は簡単だ。ここの建物にいた集団が、今どうしているのか調べている。それをききたかった」

「いくらで?」

「それは情報による。それに、彼に直接会うことができれば、きっと話してくれるはずだ」

「仲良しなのね?」女はこちらを向いて、口を斜めにした。

「そういうこと」赤柳は頷く。「あんた、本当に彼と連絡がつけられるのか?」

「今から、右手を出すわよ」彼女はゆっくりとした口調で言った。「携帯電話を持っているの。それをその耳に当ててあげる。でも、絶対に手を出さないで。良い? 私の左手の人差し指は、引き金にかかっている。サイレンサ付き。見たい?」

「わかった。約束する。穏やかに頼むよ」

女は右手をポケットから出した。言葉のとおり携帯電話を持っている。左手は動かない。ポケットの中だった。赤柳はそちらが気になったが、見ないようにした。銃口がこちらを向いているとは思えないけれど、小さな拳銃を隠し持っている可能性は充分にある。

右手の指でボタンを幾つか押してから、女は赤柳を見つめたまま、自分の耳に、携帯電話を当てた。

沈黙。なにも聞こえない。

本当に電話をつなげるつもりだろうか。

「えっと、赤柳さんという方に、今お会いできました。直接お話がしたいそうですけれど。どうします?」

声は漏れ聞こえてはこなかった。

赤柳は待つ。

彼女は、携帯を持った手を、ゆっくりと自分の耳から離し、こちらへ伸ばした。赤柳はそちらへ自分の耳を向ける。そこに携帯を押しつけられる格好になった。

「もしもし」赤柳は自分から話した。「保呂草《ほろくさ》さんですか? 私です」

「誰かな?」彼の声が聞こえた。似ているが、確信は持てない。

「以前、船でご一緒した」赤柳は言った。

「船？」

「今、那古野におります。こちらで探偵業をしておりまして」

「ああ、君か……」

「わかりましたか？」

「声、いや、アクセントでね」

「どうも、大変ご無沙汰しています」

「元気？」

「ええ、おかげさまで、なんとか」

「で、用件は？　僕にできることなんて、あるかな？」

「元はMNIといったと思います。そこのことを調べてまして……。今はどうなっているんでしょうか？」

「MNIか……、懐かしいな」彼はそこで深呼吸のような溜息をついたようだった。「佐織《さおり》が死んでからは、ほとんど活動は休止していると思う。少なくとも日本ではなにもしていない」

「海外で活動をしているのですか？」

「うん、かなり危険な方面に関わっているはずだ」

「そうなんですか……。資金源は？」

「まあ、元々作ったルートなのか、そのときに集めた金を上手《うま》く運用したのか、そのあたりはわからない。しかしまた、どうして、そんなことに首を突っ込んでいる？」

「会って、ゆっくりと話ができないでしょうか？」

「残念だが、すぐにそこへ行ける場所にはいないんだ」

「ああ、そうなんですか。それじゃあ、しかたがありませんねぇ……」

「やばい仕事なの？」

「いえいえ全然違います。えっと、西之園さんって、ご存じでしょう？」

「え？　ああ知っているよ。彼女が関係しているのか？」

「いいえ全然。ただ、そういった話をしたいな、と思っていただけです」

「君、歳をとってずいぶん人が悪くなったようだな。うん、えっと、そこにいる彼女に相談してくれ、信頼できる人物だ。彼女に話したことは全部、僕へ伝わる」

「わかりました」

「まあ、じゃあ元気で。そのうち、忘れた頃にまたこっそり戻ろうと思っている」

「生きていればお会いしましょう」

隣の女に、赤柳は小さく頷いて見せた。

彼女は右手の携帯電話を今度は自分の耳へ持っていく。

「はい」一言だけ発声。

しばらく、向こうが話していることを黙って聞いていた。表情はまったく動かない。頷くこともなかった。

「わかった」小声でそういうと、彼女は携帯電話を切り、ポケットに手を戻した。

「本当に仲良しなのね」女は横目で赤柳を睨んだ。

「そっちの手は？」赤柳は彼女の左のポケットを見て言った。

「ああ……」女は口もとを緩める。「大丈夫。見たい？」

「いや、けっこう」

「ちゃんと言い聞かせてあるから」

「えっと、どこから話そうかな……」赤柳は考える。「とにかくね、ネット上のあるサイトなんだけれど、カルト集団っぽいところがあって、カウンセリングをするような……、たぶん、機械的に会話の相手をするコンピュータ・プログラムだろうと思うんだけれど……、そこにわりと若者が集まっているようなんだ。まあ、僕みたいな、寂しい一人暮らしの人間が引っ掛かるんだろうね。ものになりそうな奴だけ、途中からちゃんと人間が相手をするのかもしれない。そうやって信者を集めて、結局は金を集める、今も昔も変わらない商売ってところだと思う。ところで、そこの特徴は、信者との応対というか、コミュニケーションを、シータと呼ぶらしい、両者の関係をそう名づけている。ところが、教祖らしき人物もいなければ、団体の名前さえない。とにかく、普通なら最初に命名するような対象に、一切名前をつけないのが特徴みたいなんだ。それで、これを聞いて、待てよ、ずっと以前にも同じような話を聞いたことがあるな、と思い出した。それは、つまり、古い友人から聞いた、このＭＮＩという宗教団体のことだった。ＭＮＩには、教祖はいたみたいだけれど、でも、表向きにはそういったシンボルは登場していない。似ているだろう？」

「そうかしら」

「でももちろん、それだけのことでは、ここまではこない」

「話が長いのね」彼女はにっこりと微笑んだ。

「うん、もう核心だ」赤柳も笑いながら頷いた。「まず、そのインターネットのサーバがどこにあるのかを調べた。八方へ手を尽くして、というよりは、一方だけれどコネを使って……。そうしたら、ずばり命中。ＭＮＩの研究所だった。千葉にあるらしい。そこへはまだ出向いてはいないが、たぶん、行っても入れてはもらえないだろう。で、次に、この那古野には、そのＭＮＩの総本部があることを思い出した。みんなすっかり忘れているだろうね。それがここだ。この建物。今はもう誰も使っていない。もぬけの殻《から》というやつだね。うん、そこまでが最近の成果。さて、話を戻して、そもそも、どうしてこれを調べているのか、といえば、近頃インターネットで特に話題になっている集団自殺というか、連続自殺事件……」

「θのマークの？」

「そう……、察しが良いね。これでつながっただろう？」

「じゃないかと思った。シータってのが出てきたときに」

「そういうこと」

「で、何が知りたいわけ？」

「何がって、もちろん、その集団が具体的にどんな活動をしているのか。どうして自殺者が出るのか。そんなところかな」

「何のために調べているの？」

「関係者から依頼された」

「どうしてうちの子が自殺したのか、調べてくれって？」

「まあ、そんなところ」

「ふうん……」彼女は鼻から息をもらす「殊勝な人間もいるものね」

「殊勝？　ちょっと違わないかな」

「そんなの調べて何になるっていうの？　お金になる？」

「金の問題じゃない」

「へえ、変な人」

「これくらいかな……」赤柳は上を向いた。「なにか情報があったら教えてくれないか。よろしくお願いしますよ」

「面倒なことに首を突っ込まない方が、私は良いと思う」

「え、それは何故？　なにかの忠告？」

「いいえ、他意はない」彼女は首をふった。「ただね、ＭＮＩの資金も、それから組織も、すべてあるところへそっくり吸収された。それだけは、知っておいた方が身のためかもね」

「吸収？　どこへ？」

「真賀田四季《まがたしき》」

「え？」

「知らない？」

「知ってるよ……。それ、本当に？」

彼女は無言で頷いた。

赤柳は息を吸う。言葉が出なかった。もう一度深呼吸をしてから、舌打ちをするのがやっとだった。

「じゃあ、これで」女はドアを開けた。足を外に出し、背中を向ける。

「あ……」赤柳は彼女を止めた。

「何？」

「あの、もしよかったら、名前を？」

彼女はゆっくりとこちらを振り向く。

「もしかして、私の？」

「ええ……」

「知らない方が良いと思うわ」

女は車の外に出て、歩道に立つ。ドアを閉めると、来た方角へ歩いていった。赤柳はずっと彼女の後ろ姿を追ったが、次の交差点のところで見えなくなった。

2

翌日の夕方、西之園萌絵は反町愛に電話をかけた。

「あぁ、萌絵か……」溜息混じりの反町の声である。「あのね、やっぱり、郡司先生のお嬢さんだった」

「そう」

「もう、どうしようか……、ねえ、どうしたらいい？」気弱そうな声で、いつもの反町の調子ではない。

「今、病院にいるの？」

「ううん、ちょっと体調が悪いって言って、帰ってきたまま。もう恐くて出ていけないよう」

「えっと、今夜、そちらへ行くわ。八時過ぎになるけれど、いい？」

「うん。なんか、食べるもの持ってきて」

「わかった。大丈夫？」

「うん、片づけとく」

数時間後に西之園は反町のマンションを訪れた。六階建てのビルの三階である。玄関のドアを開けた彼女は、意外にも元気そうだった。

「何買ってきた？」

「えっと、ピザ」

「ピザかぁ……。うん、まあぎりぎり許容範囲だな」

「何が良かった？」

「お寿司とか」

「言ってよね、そういうこと」

「悪りぃ悪りぃ、そういうつもりじゃあ」

リビングに上がり、テーブルについた。反町はキッチンカウンタでコーヒーを淹れ始める。

普通に会話をした。まずは情報交換。飛び降り自殺を図ったと思われる郡司美紗子《みさこ》、二十一歳は、N大病院の集中治療室でまだ生きている。意識不明の重体だ。内臓関係の外科手術を終えたところで、頭部に関してはまだ手つかず、とのことである。今のところ小康状態といえるけれど、見通しはけっして明るくない、と反町は語った。もちろん、郡司教授自身も治療に当たっているらしい。それが、今日の午前のこと。反町は、郡司教授には直接は会っていない、と話した。

西之園は、M工大の教養棟最上階のトイレで口紅を見つけたことを話した。

「え、本当に？」反町は目を見開き、次に顔をしかめた。「えっと、金色の？」

「ええ」

「こんな感じ」反町は、テーブルの上の宣伝ビラを裏返して、絵を描いた。「このキャップのところに斜めに、こんな線が入っとって……」

「そう、それ」西之園は頷く。

お互いに確かめたが、類似していることは間違いなさそうだった。つまり、郡司教授が分析を依頼した口紅である。反町愛が気を揉んでいるのも、まさにその一点だった。郡司教授から、分析を依頼されたことは、西之園以外には誰にも話していないという。これは、今回の事件において、どれほどの重要性を持つだろうか。

「どうすればいい？」反町は溜息をついた。「でも、萌絵に話せたのは、私にとってはせめてもの幸せだったよ。これが誰にも言えなかったら、もう悶《もだ》え死んでるかも」

「どうして？　彼に相談したら良いのに」西之園は効果を計算しながら言った。反町の彼氏はしかし、勤務地が関東地方のため、滅多に会えないようである。

「そんなぁ、言ったら最後、警察に直接電話されてしまうよ、絶対に……」

「私ならば、そういうことをしないって考えたのね？」

「うん、あんたは、そう……、友達思いだもの」

「あそう」西之園はひとまず頷いた。「ふうん。よくわからないけれど。つまり、愛情とは別なのね」

「決まってるじゃん」

「まあいいわ。ふう……、えっと、でも正直、私も、警察に話すことを勧めようと思って来た。いくら考えても、事件性が高い。もし関連が全然ないならば、そのときには謝れば済むことでしょう？　だから、話した方が良いと思う」

「そんなわけにいかないよぅ。折り入ってって、頼まれたんだからね」

「だけど、大したことではないかもしれないわけよ」

「もし、警察に話すならば、そのまえに、郡司先生にそう言いにいかなくちゃ。きちんと許可を取らなきゃ。でしょう？　そうじゃなきゃあ、絶対できない。死んでもできない」

「あのね、もしかして、ラヴちゃん、郡司教授に睨まれたりしたら、将来の道を断たれるとか、そういう心配があるの?」

「うーん、いや……、そんなこと、考えてもいなかった」反町は肩を上下して溜息をついた。「でも、そりゃあ、あるかもね。うん。もし、事件とは全然関係がないことだったとしても、秘密をばらしたりしたら、もう、お先真っ暗かもしれない」

「そうなのかぁ……」西之園は腕組みをした。「難しいなあ」

「だけどさ、そんなちっぽけなことで、真実を曲げては駄目だよね」反町は言った。「それはわかっている。そうじゃない。違うな。自分の将来なんてどうにでもなるものの。どこへ行ったって、ちゃんと仕事はしていけるし。うん、そういう問題じゃなくてね、なんていうか、つまり、頼まれてしまったものを、えっと、一度約束してしまったものを、勝手には破れないってことなんだと思うの、人間として」

「わかるわ」西之園は頷いた。「じゃあね、こうしましょう。私が郡司先生にかけあってみる」

「え? 萌絵がぁ?」

「そう。友人が悩んでいるって、正直に話してみる。こうなったら、正面突破しかないわ」

「ちょっと待って……。それって、解決になってる?」

「少なくとも、私が緩衝になるでしょう？　ラヴちゃんが直接怒られることはないわけだし」

「駄目だって、そんな。ああ……」反町は溜息をついた。「駄目だよ。とにかく、もう少し考えさせて」

「そう？　何を考えるの？」

「いろいろ」

「あ、そうだ、ラヴちゃん自身がね、もっと事件のことを詳しく知っていた方が良いかもしれない。一度、警察の人と話してみない？　捜査がどんな段階なのか、どんな方向へ進んでいるのか、それを自分で整理して把握したら良いと思う。そうすれば、郡司先生の口紅のことをどう処理すべきかが見えてくるんじゃないかしら」

「うん。あんたが言うことは正しい」反町は頷いた。「何が正しいかはわかっとるつもりだよ。ほんでもね、世の中、正しいことが真っ直ぐに通らないことが多いんだ。そんな単純じゃないからなあ……」

その二日後。

C大の国枝研究室へ、反町愛と近藤刑事がやってきた。M工大の飛び降りがあった日から既に三日が経過している。

集会の段取りをしたのは、もちろん西之園萌絵だった。表向きは、山吹や加部谷たちと事件について話し合うためのお茶会、という趣向である。その実は、反町と近藤を引き合わすことが第一目的だったが、人数を最小限に絞ると、反町の存在が目立ってしまう。彼女のことを偶然居合わせた第三者として近藤に認識させたい、その効果があることを反町には強調したい、という意図だった。簡単にいえば、山吹たちはダシに使われた、といっても良い。もちろん本人たちはそんなことには気づいていないだろうし、それどころか、加部谷などは狂喜乱舞、諸手《もろて》を挙げて飛び上がらんばかりの喜びようであったから、西之園の後ろめたさは綺麗に消し飛んでしまった。

午後四時。西之園と反町愛は、C大に到着した。那古野から車で来る途中、反町愛を拾い、国道沿いの専門店でケーキを買ってきた。駐車場から階段を上り、中央棟前の広場を横切る。空気が澄み渡り、日差しは鋭い。

「あぁ、なんかここまで来ると、空気も良い感じがする」反町が言った。

N大がある那古野市内に比べれば、という意味だろう。数十キロしか離れていないが、那古野が雨でも、こちらは雪になることがしばしばである。標高がだいぶ違うためだろうか。

研究棟に入って、またしばらく歩く。

「綺麗な大学」反町が感心している。「大学にあるまじき綺麗さって感じ」

「うん、まあね」西之園も頷いた。「イタチごっこって気もするけれど」

「は？　わけのわからんことを言うなぁ」

「いいのいいの、気にしないで」

研究室のドアを開けると、既に加部谷恵美たち三人が揃っていた。

「こんにちは」立ち上がって加部谷が頭を下げた。ケーキ屋の前に立っている人形みたいだ、と西之園は思いついたけれど、もちろん黙っている。

ケーキの箱をテーブルに置く。テーブルの端の椅子に座っていた海月及介がこちらを見ていた。山吹早月はコーヒーの準備を始める様子。

「ちょっとさきに国枝先生にご挨拶する？」西之園は反町にきいた。「久しぶりでしょう？」

「あ、そうだね、うん」彼女が頷く。

隣の部屋のドアをノックしてから、二人一緒に入っていった。

「失礼しまーす」

窓に近い位置にデスクがあって、国枝桃子がディスプレィに向かってキーボードを叩いていた。彼女はこちらを向き、無言で頷いたが、指は止まらなかった。

しばらく待つ。

指が止まり、国枝が立ち上がって、こちらへ出てきた。

「先生、お久しぶりです」反町が頭を下げる。

「金子《かねこ》君、どうしてる?」国枝がきいた。

「いきなりですか?」反町がオーバなリアクションの表情をつくった。「はい、たぶん、真面目に働いていると思いますけど」

「あそう」国枝は無表情で頷いた。「えっと、何?」西之園へも視線を向ける。「そうか、θのことで?」

「はい」西之園は頷いた。「さすが、国枝先生」

「貴女のさすがは、誇張になってない」

「先生もいかがですか? もうすぐ、近藤さんもいらっしゃいます。いろいろ情報交換に……」

「ほとんど気が進まないな。同期生が死んでるんだけれどね。まあ、なにがどうなるってものでもないし」

「わかりませんよ。えっと、ケーキも買ってきましたし、今、山吹君がコーヒーを淹れていますけど」

「じゃあ、少しだけつき合おう」国枝は口を斜めにした。

3

隣の部屋では、西之園萌絵の派手なファッションが話題になっていた。といっても具体的には、加部谷と山吹が五往復ほど言葉を交わしただけである。もう一人の海月は、我関せずの表情で動かない。加部谷はときどき、海月がこのまま仏像かお地蔵様になるのではないかと想像することがある。生き仏みたいなものだ。容易に想像することができるし、イメージ的にはほとんど変化がない。たとえば、この男が視線を上げて、高いところを眺めている顔も滅多に拝むことができない。ほとんど常に、視線を下げ、瞼《まぶた》を半分閉じるようにして、目を細めているからだ。仏像によくある涅槃《ねはん》の目である。海月のことを考えていると、彼の顔真似を無意識にしてしまうことがある。もしかしたら、とり憑かれているのかもしれない。

通路側のドアがノックされる。近くにいた加部谷が返事をすると、ドアがそっと開き、近藤刑事が顔を覗かせた。

「や、皆さん、お揃いですね」近藤はにこにこ顔を揺らしながら部屋に入ってきた。

「こんにちは」加部谷はお辞儀をする。「西之園さんも、もう来てますよ。今、国枝先生のところに」そちらを片手で示す。「いかがですか？　事件の方は」

「だめだめ、全員が揃ってからだよ」山吹がコーヒー・ミルのハンドルを回しながら言った。

「それが、お話しできるような進展はまだないんですよね」近藤が言う。首の運動は周期が遅くなっていた。「今日は、こちらがいろいろ聞きたい方でして……」

「M工大の人は、大丈夫そうなんですか?」加部谷は尋ねる。

「ええ、もちろん生きてはいますが、どうなんでしょう。話ができるようになるには、まだまだ時間がかかりそうですね。うまくいってですよ」

「そうですか……、そんなに酷いんですか」

「あの高さから落ちて、死ななかっただけでも奇跡的でしょうね。地面が軟らかかったせいだと思いますけど」

話が生々しくなったため、加部谷は溜息をつく。そこで会話は途切れた。

ドアが開いて、隣の部屋から西之園が出てくる。反町愛と国枝助教授も続いて現れた。ちょうど椅子に座ったところだった近藤が、また立ち上がって頭を下げた。

「近藤さん、わざわざどうもすみません」西之園は微笑んだ。王女様が謁見《えっけん》のときに見せる笑顔がこんなふうではないか、と加部谷は想像する。

「とんでもないです。お招き光栄です。ありがとうございます。鵜飼さんも来たがってたんですが、別件で今、少々忙しくて」

「大変ですね」

「というか、こちらの連続自殺については、現在さほど動けていないのが現状です。はっきり言って、僕だけですね。僕でも片手間で書類を斜め読みしている感じですけど」

「事件性はない、というのが警察の判断なのですね？」

「一応、まあ、そういうことになりますね」

西之園が腰掛け、立ち上がっていた近藤も椅子に着く。加部谷は箱からケーキを取り出して皿にのせる作業にかかった。山吹はコーヒーメーカのスイッチを押したようだ。

ゼミ用のテーブルはとても大きく、周囲に椅子は八脚あった。短辺に一つずつ、長辺に三つずつ。今日の集会は七人。ケーキは八つ箱に入っていたので一つ余る勘定だ。そんなことを加部谷は計算していた。もう一人ここに誰かがいたら、椅子もケーキもジャストなのに。たとえば、犀川助教授がいたら完璧ではないか。国枝と犀川が、両短辺に座る。片方の壁際に山吹、加部谷、海月の若手三人。対面に、西之園、反町、近藤。なかなか壮観ではないか。

またドアがノックされた。

ここは正式には院生室である。この部屋の院生が入ってくる可能性があるわけだが、自分が使っている部屋だったらノックはしない。つまり、部外者だ。まさか、犀川先生では？　西之園が呼んだのではないか、と加部谷は一瞬考え、慌てて西之園の顔を窺った。返事をしたのは国枝で、やがて、ドアが開いた。

「どうも、あ……」そこに現れたのは、赤柳探偵の顔だった。「もしかして、お勉強中でしたでしょうか？」

「こんにちは」加部谷は赤柳に声をかける。

「あ、加部谷さん、どうも……」赤柳は開いたドアの隙間に、躰を横に向け滑り込むようにして入ってきた。ドアを沢山開けては冷たい空気が入って申し訳ない、という仕草に見えたが、あまり意味があるとは思えない。

「良かった。ちょうど今、みんな揃ったところなんですよ。まさにケーキを食べようとしている瞬間です」西之園が澄ました口調で言った。彼女は国枝を見る。「赤柳さんは、私が山吹君に言って、ご招待しました」今度は、赤柳を見て、隣で憮然として座っている人物を紹介した。「こちらが、国枝先生です」

赤柳は何度もお辞儀をしながら、国枝や反町に名刺を手渡した。近藤とは既に顔見知りのようである。

いずれにしても、ケーキが一つ多かった理由がこれでわかった。加部谷は八つのケーキを皿に移し、テーブルに配った。彼女がすべてをサービスしたのではなく、回してくれと近くにいた海月に頼み、他の者もこれに協力した。山吹は今は椅子に座っている。コーヒーポットを見ると、既に半分ほどができていた。

「ご覧のように、堅苦しい集いではありませんので、お茶とお菓子をお楽しみ下さい」西之園が立ち上がり、少しだけ余所《よそ》行きの口調で話した。「特に、説明したいこと、どうしてもきき出したいことがあるわけではありません。お互いに情報を交換して、事実により近い形で把握する、なるべく多方面から認識する、ということが大切かと思います。はい、どうかよろしくお願いいたします」

「あの、それじゃあ、まず、僕から、一番新しい情報をご提供しましょう」近藤が片手を少しだけ持ち上げてから話した。「火曜日の夜、いえ、水曜日の午前になりますが、M工大で飛び降り事故がありました。怪我をしたのは郡司美紗子さんというM工大情報学科の三年生です。お父様がN大医学部の教授で、実は、私もたびたびお世話になっている方でしたので、とてもびっくりしました。不思議に感じられたことと思いますが、新聞記事も小さく、しかも、一連の連続自殺との関係は一切報じられていません。今回、頬にθのマーキングがされていましたが、幸い一命を取り留められたこともありまして、報道を自粛している段階です」

「あ、そういうことなんですねぇ」加部谷は頷いた。「教授の娘だから、スキャンダルにならないよう、圧力がかかったのかと思ってました」

「うん、まあ、そうですね、まったく的外れとも申せません」近藤が真面目な顔で加部谷を見た。「θのマークを目撃した人間は沢山いますから、既に噂は広がっていることと思います」

「ネットではもう普通に流れていますよ」西之園が言った。

「ええ、広まるのは時間の問題かもしれません」近藤は息を吸った。

山吹が立ち上がり、コーヒーメーカのところへ行く。加部谷も手伝うために席を立った。

「今回、初めてなんですが、現場近くで口紅が発見されました。西之園さんが見つけられたものです」近藤は説明を続ける。その話は既に加部谷も西之園から聞いていた。

「調べたところ、その口紅から採取された指紋は、郡司美紗子さんのものと一致しました。まだ精密検査の結果は出ていませんが……」彼は反町の顔を見て、彼女の視線を受け止めた。「一見したところでは、頬に書かれていたθのマークと色も似ています。さらにまた、これまでの四件で使用された口紅とも、類似していることは間違いありません。詳しい分析は、まだこれからの作業になりますが……」

「ゆっくりですね」西之園が言った。

「なにぶん、慎重を期す必要があります。それに、今一番重要なことは、美紗子さんが回復されることですので……」

警察は、郡司美紗子を疑っているのかもしれない、と加部谷はこのとき感じた。一連の事件に関与していた彼女が、最後には自分の命を絶とうとしたのではないか。その発想は、既に山吹と話し合ったときにも出ていたものだった。誰もが抱く自然なストーリィだろう。だが、まえの四件に、具体的にどう関わる方法があっただろうか? 四人の飛び降りがあったとき、いつも美紗子が横にいて、彼ら彼女らを突き落としたのか。否、そんなことが現実にできるとはとうてい考えられない。

「ただ、M工大の現場の屋上でも、やはり争ったような跡は発見できませんでした。美紗子さん自身にも、不審な怪我はないとのことです。事件性を示唆するような証拠は今のところ一つもありません」

　山吹と加部谷が、コーヒーカップをテーブルまで運んだ。国枝だけが、既にケーキに手をつけていた。食べるものと飲むものを吸収したら、この場所から早々に立ち去りたい、という国枝の顔である。

「えっと、まあ、これくらいですかね。すみません。ご期待に添うような進展がなくて」近藤は両手を広げ、小さく首を竦めた。

「えっと、では、次は、赤柳さん」西之園が指名した。「せっかくですので、なにか情報がありましたら、差し支えない範囲でかまいませんので、お話しいただけないでしょうか」

「はあ……」テーブルの端に座っていた赤柳は頭に手をやった。「私は、その早川聡史さん……、つまり今回のことで、最初に自殺された男性について、自殺の個人的な理由を調べている立場でして、事件を全体的に捉えるような視点も、また余裕もなかったわけですが……、いえ、今回こちらにお招きいただいたこと、本当に感謝しておりますです、はい……。ええ、で、そうですな、結論から申しますと、早川さんが自殺された本当の理由は、まったくわかりませんが、もともとが大人しい、内向的な方だったようですし、まあ、ばっさりと切るようで、大変抵抗を感じる言い方になりますけど、そのぉ、自殺してもおかしくない繊細な精神の持ち主だったように推察いたします。しかし当然、ご遺族の方々はそれでは納得をされません。なにか形のある、目に見える理由を求めていらっしゃるのです。そういったものがあるのならば、今よりは安心できるでしょう。これも結局のところ、そういった架空の存在のせいにして、自分たちから遠くのものが原因だったのだ、と考えたい、そういう心理かと分析できます。そんなことは、もちろん申し上げるわけにはいきませんが、本当のところは、そうだと私は思うのです。ここだけの話ですよ。でも、これで商売をしているわけですから、たとえ本質の解決にはならないとわかっていても、藁にも縋る思いと申しますか、ほんの少しの関連でもあれば、それを足がかりに理由を組み立てることができる、ほんの少しの事実さえあれば、あとは想像を膨らませて、報告書を書くことができるというわけです。汚いとお感じになるかもしれませんけれど、そういうものなのです、この世界はね……」赤柳はそこで、カップを持ち上げて、口へ運んだ。「ああ、これは美味いですね」彼は山吹の方を見て微笑んだ。「さて、それで……、糸口は、舟元さんや山吹さんもお調べになったパソコン、インターネットで早川さんがご覧になっていたサイト、ということになります。どうやら、そこの影響で早川さんは……」赤柳は、自分の額に指を当てた。「θという記号を口紅で書いて、そして、ベランダから飛び降り自殺をした、ということです。当然、なんらかの意味があったのでしょう。では、そのサイトは、どんなところなのか。それが問題でしてね。宗教的な意味合いが強い組織であろう、ということしか想像がつきません。もちろん組織といっても、実体はわかりません。集団ではなく個人かもしれない。たった一人が運営しているものかもしれません。インターネットのサーバには、それぞれ登録された固有のアドレスがあります。そこから調べていくしかない。で、少々コネとお金を使いまして、調べてみたわけですが、結論からいいますと……」

赤柳は首をふった。「残念ながら、わかりませんでした。ネット以外で活動をしている様子はありません。なにしろ、名称がない。組織の名前がないのです。何故、こんなに足取りが摑めないのかというと、資金を集める機構が見えないからです。金を集める仕組みが存在すれば、必ずそこから遡っていくことができるものですけれど、今回はそれがない。では、どうやって、信者から金を集めていたのでしょうか。それがまったくわからない。また、どれくらいの信者がいるのかも不明です。目的が何なのか、一切わからない。どのような思想的背景を持っているのかも、閲覧できる部分だけでは不明です。誰かが囮《おとり》捜査のつもりで、時間をかけてここと関係を持ってみないとわからないでしょう。私は、まだそこまでは足を踏み込んでいません。それは最後の手段といえるものです」

「警察が把握しているのも、だいたい同じ程度です」近藤が発言した。「実は、そのグループは以前から、ときどき話題になりました。しかし、とても関係性が薄いうえ、本当にすべてが同じグループなのかさえわからないのです。つまりその明確な名前がない、という以外に共通点はありませんので、本当に同一のものなのか判断がつかないわけです」

「何と呼ばれているのですか？」西之園が尋ねた。

「名無し教」近藤は即答した。「笑わないで下さいよ」

「センスが、ちょっと」加部谷が言った。「せめて、ネームレスとか、うーん……」

「アナイメティとか」山吹が言った。

「あ、そうそう。匿名ですね」加部谷は振り返って指を一本立てて山吹に示す。

「つまり、その名無し教が、θを広めているのですか？」西之園が首を傾げる。「自殺を奨励している、というような証拠は摑めないでしょうか？」

「文章はまったく残されていません」赤柳はゆっくりと首をふった。「死んだ人間に尋ねることはできませんし、生きている信者となると、一人として突き止めることができないのです。どこかにはいるでしょうけれど。シンボル的なものがないので、噂にも上らない」

「関係をシータと呼んでいる、というのも、うまいやり方ですよね」山吹が言った。

「人や組織といった具体的なものには名前をつけず、非常に抽象的なものに命名するって」

「自殺を奨励していて……」加部谷は言った。「死ぬときには、θを自分の躰のどこかに記しなさい、そうすれば救われる、みたいなことを吹き込んでいるってことでしょうか？」

「おそらく……」赤柳は加部谷を見据えたまま頷いた。「早川さんは、あまり親しい友達がいなかったようです。私は、彼のお姉様に調査を依頼されたのですが、ほとんどなにも具体的な証拠なり理由なりを見つけることができませんでした。その報告にいきましたところ、早川聡史さんが使っていた携帯電話を見せていただいたのです。警察も調べたそうですね？」

「ああ、ええ、そうです」近藤が答える。「一応、交友関係を探る重要な手掛かりになりますので……。でも、収穫はなかったと聞いていますが」

「お姉さんは、携帯に残っていたメールをすべてお読みになったんです。その一つを私に見せて下さいました。聡史さんはメールの練習をされていたようですね。パソコンから携帯へ、自分から自分宛にメールを何度も書いていた。それが沢山残っていました」

「そうそう、そうなんです」近藤は頷いた。「報告書に、それがありました。よほど孤独な人だったんだなって、そのときは思いましたけど」

「自分宛にメールを書くのって、よくありますよ」山吹が発言した。「孤独ということではなくて、メモですよ。自分に対してメールを書いておけば忘れない、という……」

「そう、メモ」赤柳が言う。「そうだと思います。交友関係にのみ着目している警察は、ですから、自分宛のメールは、すべて通信の練習あるいはテストだと考えて、見逃したのかもしれません」

「そんなことはない。ちゃんと見たと思いますよ」近藤は反論した。「しかし、自殺に結びつくようなことは書かれていなかった。そうではありませんか？」

「ええ、それはまあ、そのとおりなのですが」赤柳は頷き、それから一度全員の顔を見回した。「自分宛に送ったメールの中に、こういう一文がありました。シータは遊んでくれたよ」

「シータは遊んでくれたよ」加部谷は言葉を繰り返した。

「シータは、記号でしたか？」近藤が尋ねた。

「いいえ、カタカナです」赤柳は答える。「パソコンの初心者ですから、ギリシャ文字を書く方法がわからなかったのかもしれません」

「普通、漢字変換で出してくれるんじゃないですか？」加部谷は言った。「送ったのがパソコンからだったら……」

「パソコンから送ったものだと思いますが、記号に変換されてはいませんでした」赤柳は話した。「これ以外のメモ的なメールには、一言、保険証とか、ファックスとか、あるいは時刻らしい数字が書かれていたりとか、やはり、あとで携帯を見て思い出すように、という使い方だったようです。さて……、しかし、ここまでなんです。これだけなんです。この、シータは遊んでくれたよ、というシータがいったい誰のことなのか、もちろんなにもわかりませんし、また、遊んでくれたという意味も不明です。これらのメールは、二ヵ月ほどまえのものがほとんどです。その当時にはもう、インターネットで例のカウンセリングのサイトに、聡史さんはアクセスをしていたでしょう。たとえば、そこでプログラムを相手に会話をすることが、遊んでもらうという感覚だったかもしれません。そして事実、この関係こそが、そのサイトではシータと呼ばれていたのです」

「ちょっと考えたんですけど」山吹が言った。「シータというのは、もともとサイトのURLにあったからですよね。そういう呼び方を、早川さん自身が入力したかもしれません。最初から用意されていた名称ではなくて、早川さんが勝手に、あのチャット遊びに似たものをシータと呼んでいた、という可能性はないですか？」

「そのとおり。その可能性はあります」赤柳は頷いた。

「名前のないというのは、なにかと不便だし」山吹が続ける。「なんでも名前をつけたくなるものじゃないですか、人間って……」

「それは面白い洞察ね」西之園が言った。

「でもなあ、もしそうだとすると……」反町が眉を寄せ難しい顔をして言った。「他の人には、シータが伝わらないことにならない？　同じサイトをアクセスしている人に、同じ記号が伝わらないと、今回の連続自殺の説明がつかんでしょう？」

「いえ、そうでもないですよ」山吹が答える。「アクセスした人が入力したデータが、他のユーザとの会話でも使われる、そういうプログラムになっていれば、問題はないのでは？」

「うん、それも面白いとは思うけれど……」西之園が言った。「そういうことをすると、会話がちんぷんかんぷんになってしまう可能性が高い。そうですよね？　国枝先生」

「私は専門じゃない。犀川先生にきいて」国枝が即答した。もうコーヒーカップも空のようである。席を立つ機会を窺っているようにも見受けられた。

「つまりね、あの手のカウンセリング・ＡＩというのは、個人とのやり取りをデータとして蓄積することで、昔の話を覚えていたり、同じ言い回しをときどき使ったり、結果的に、そういうことで身近な印象をユーザに与えるわけです」西之園が論文発表をしているような口調で説明した。「そうすることで、見かけの人格を形成し、信頼を得る。すなわち、個人個人でデータを使い分けるからこそ効果がある、といわれているものなんです。もし、個々のユーザを越えて、個別のデータを共通的に使用するとなると、当然ながらごく少数の一部に制限する必要があるでしょうし、またその一部を選ぶためのルールというかアルゴリズムが非常に煩雑《はんざつ》になりそうですね、おそらく、生身の人間が立ち入って判断する必要が生じるものと考えられます」

「難しい話になったがね」反町が苦笑いした。「ようするに何？　早川さんが、シータというサイトでコンピュータ相手に話をしていた。早川さんは、そこでシータに惚《ほ》れ込んでしまったってこと？　で、自殺するときに、その名前を自分の額に書いた。うん、シータってのは、恋人につけた名前ってわけだ。だから、その名前を抱いて一緒に死にたい、心中みたいなフィーリングだがね」

「いえ、でも……」加部谷は言った。彼女は自分のケーキをすべて食べ終わったところだった。見回すと、まだ食べ終わっていないのは西之園だけだ。「シータが、早川さんのつけた名前だとすると、二番目の人や、三番目の人につながりませんよね。だって、やっぱり、そのサイトを見ていたことが、全員に共通していて、そのサイトでシータを口紅で書きなさいという指導というか、方針を決めていないと、伝達されないですし、そんなにスムーズに連続して実行されないと思います」

「話が抽象的になっていない？」国枝が口をきいた。「えっと、私、もう退散させていただきたいのだけれど、でも、私の友人が一人亡くなっているから、一言だけいわせてもらう。彼はね、そんな宗教的な、ぼんやりとしたことで死んだとは思えない。もしそうだとしたら、職場では死なないと思うよ。一度帰ろうとしたのに、また戻ってきたんだからね。どうして死んだのかなんて、想像もできないけれど、ただ、シータだの、恋人だの、そういったイメージとは、少し違うように思うな。そんなことよりも、もっとね、口紅、書かれたθの場所、筆跡、飛び降りたときの状況、残されたもの。時間と場所、そういう、もっと具体的なデータに着目した議論をすべき。それが今、感じたこと」国枝は立ち上がった。「じゃあ」

「あ、どうも、先生……」西之園が立ち上がった。「ありがとうございました」

「ごちそうさま」国枝は歩きながら答え、そのままドアを開けて隣の部屋へ消えた。

残された七人は、しばらく沈黙。

「えっと、コーヒーのお代わりが欲しい人、いますか？」山吹がきいた。

西之園と反町と加部谷が片手を挙げた。

「じゃあ、淹れましょう」山吹が立ち上がる。

「ねえ、海月君」加部谷は言った。「聞いてる？」

椅子の背にもたれ、目を瞑っていた海月がすぐに頷いた。

「聞こえてはいるようね」加部谷は呟く。

4

「私、ちょっと、煙草を吸ってくる」反町が立ち上がった。「ここ、禁煙でしょう?」

「あ、えっと、外の通路の突き当たりに灰皿があります」山吹が指で方角を示して言った。

「ありがとう」反町は彼に微笑み返す。

ドアを出て、左右を見た。片方の突き当たりに窓があり、そこが喫煙場所のようだ。歩いていくと、床置きの灰皿が置かれていた。

煙草を取り出して火をつける。後方でドアが開く音がしたので振り返ると、西之園が出てきた。彼女もこちらへやってくる。

「ラヴちゃん、一本ちょうだい」西之園が片手を出す。

反町は煙草の箱を振って差し出し、西之園が一本を指で摘む。ライタの火ももう一度彼女のためにつけてやった。

西之園が煙を吐く。

「ああ……。サンキュー」

「つまりは、自殺でしょう？」反町は話す。「どんな理由があったのかを詳しく究明したって、大きな意味があるわけじゃなし。死んだ人が言いたかったこと？　つまりメッセージを解読したところでさ、僕らには関係ないことだがね。違う？」

「ええ」西之園は頷き、一瞬だけ微笑んだ。「違わない。そのとおりよ」

「だったら、やっぱり、私はあれを秘密のままにしておく。誰にも関係がないことだもんね。たまたま検屍をされたとき、郡司先生はあの口紅の色を記憶してしまって、似ているものが身近にあるって思われたんじゃない？　それがまた、たまたま一致してしまった。そんだけじゃん。違う？」

「そうかもね」西之園は小さく頷いた。「良いのじゃない？　それで、ラヴちゃんが納得できるならば」

「私が納得するかどうかなんてのも、もはや関係ないな。うん、どうして私に判断を委《ゆだ》ねるわけ？」

「それじゃあ、私が判断しても良い？」

「どんな判断？」反町はきき返した。

「客観的に見て、おかしいでしょう？　不思議じゃない？　どうして同じ口紅が使われたの？　同じマークをどうして書いたの？」西之園は首を左右にゆっくりふった。「なんらかの理由があるはず。私はそう信じるわ」

「それで？」反町は顎を挙げて目を細めた。自分の感情を堰《せ》き止めていることが自覚された。

「事実に少しでも近い情報を、できるだけ多くの頭脳で共有すべきだと思う。私、ラヴちゃんから聞いたことは、犀川先生にだって話していないのよ。誰にも話していない。犀川先生が聞かれたら、もしかしたら、この一連の事件の真相に気づかれるかもしれない。その可能性がないといえる？　一人でも多くの人に事実を知ってもらう、それがものごとを解決しようとする基本的な姿勢だと私は信じているの」

「警察に言えってことか？」

「ええ」西之園は頷いた。「私の判断はね。だけど、やっぱり、最初の決断をするのは、貴女です」

「そうね……。情報が伝わったということで、一番大きな影響を受けるのは、この私なんだからな」

「でも、そもそも、私には教えてくれたわけでしょう？」

「うん、あんたに言えば、解決してくれるかなって、思ったのかも……、いや、違うな。たぶん、自分の中だけに仕舞っておけなかったんだ。とにかくその時点で、既に判断はついていたってことか……、うん」

反町は煙草の煙を細く吹き出した。西之園も同じように煙を吐いた。じっと、こちらを見つめている。眼は球体なのだな、と反町は考えた。

「わかった。話す」反町はそう言ってから、灰皿で煙草を揉み消した。「決めた」

「良かった……」西之園は小さく溜息をついた。「立派だと思うわ。警察には、できるだけ、つまり、必要なとき以外、情報が漏れないようにって強く要望しましょう」

「そうだね」

西之園も煙草を消した。二人は通路を戻り、西之園が研究室のドアを開ける。警官と探偵、それに三人の学生たちが、行儀良くテーブルを囲んで椅子に座っていた。全員が二人の方を見る。

部屋の隅の食器棚に置かれたコーヒーメーカが絞り出すような音を立てていた。新しいコーヒーを山吹が淹れたためである。

「あ、今、話していたんですけれど……」加部谷が溌剌《はつらつ》とした発声で言った。「えっと、私のアイデアなんですよ。あのですね。自殺した人は、その、普通に自殺をしたんじゃないですか？　けれどそこに、θのマークを付けた人がいて、うーん、つまり、まったく別の人物で、加害者でもなんでもないわけです。どうですか？　多少非現実的だとは思いますけれど、宗教的な宣伝活動の一環だと見れば、ぎりぎりありえないこともないかなって思ったんです」

「自殺することを、どうしてその人物は知っていたのか、というのが僕がした質問です」山吹が説明した。「時間と場所を知っていて、そこに居合わせないといけないわけですから」

「そこですよ。つまりは、その名のないカルト集団を通じて、全員の自殺願望を事前に把握していたんでしょう」加部谷が答えた。「駄目かなぁ」

「そんな危険なこと、しませんよね。得られるものと見合わないと思うな」山吹が首をふって言った。「だいいち、全然実際に宣伝活動になっていない」

「と、そこまで話したところなんですけど……」加部谷が報告をした。

西之園と反町が椅子に着く。しばらく沈黙。加部谷は腕組みをして考え込んでいる様子である。山吹はコーヒーメーカを気にしていた。海月は相変わらずの無表情。目は開けているが、ほとんど動かない。赤柳は時計を見てから、窓の方を眺めた。近藤はテーブルの下で携帯電話のディスプレィに注目していたが、それを閉じて顔を上げた。

「えっと……、反町さんからの新しい情報があります」西之園が切り出した。彼女は反町を見る。「良い?」

全員が反町の方へ視線を向けた。彼女は静かに呼吸を整える。

「えっと、これは、ここだけの話にして下さい。とても微妙な問題を含んでいます。なので、私も悩みました。具体的には、秘密を漏らすことが、私自身の信頼に関わると予想できるからです。でも、もしかしたら重要なことかもしれない。その判断は今の私にはつきません。だから、もしも重要でなければ、綺麗に忘れてほしいし、そのぉ……、聞かなかったことにしてほしいんです」

全員が黙っていた。加部谷は瞬き、頷いた。大丈夫だ、という仕草だろう。

「五人めの飛び降りよりも以前の話になります」反町は話を始める。「警察から、口紅のサンプルが沢山届いて、どれが今回のθを書いたものと一致するかを同定してほしい、と依頼されました。そのとき、医学部の郡司教授も、私のところに一緒に来られて、それで……、警察の方が帰られたあと、実は折り入って頼みがあるとおっしゃったんです」

近藤が眉を寄せる。赤柳も目を細め、じっと反町を見据えていた。

「先生は、口紅を一本差し出されて、これをついでに分析してほしい、とおっしゃいました。どういう理由かはきいていません。そのときは、大したことではないと感じて、引き受けました。ところが……」反町は一秒ほど目を瞑り、短い深呼吸をした。「警察の沢山のサンプルの中には一つも該当するものがなかったのに、その先生からの一本が非常に似ている、という測定結果になりました。同じ製品だと断定できるレベルのものです。私は、その結果を、郡司先生にそのとおり報告しました。これで、私が依頼された仕事は終わりです。それだけです。そして、その翌日に郡司先生のお嬢さんが、あんなことになって……。あのぉ、つまり、それがなかったら、たぶん、私はこの話をしなかったと思います」

反町は話し終わって黙る。隣に座っている西之園と二秒ほど眼差しを交わした。西之園は頷き、口だけで笑顔を作ったけれど、目の形は笑っていなかった。

「わかりました」近藤刑事が頷いた。「もちろん、この件は慎重に取り扱いたいと思います。話して下さったことには大変感謝します」

「もしも、今回の一連の騒動に事件性があるとすれば」赤柳がゆっくりとした口調で言った。「今の反町さんの情報は、解決に向けて非常に重要なキーになりそうな気がしますね」

「事件性はあると思います」西之園は言った。「その可能性が高い。それだから、私は反町さんを説得して、話してもらうことにしました。したがって、私にも責任がります。万が一、たとえば、今回のことがすべて偶然が重なった単純な事故であったとしたとき、また、今、彼女が話したことがもしも郡司先生の耳に届くようなことになると、反町さんは個人的な信頼を失うことになります。そのリスクをどうかお忘れにならないようにお願いします」

学生たち三人は頷いた。近藤も赤柳も真剣な顔つきである。

「その教授の先生が、口紅の分析を依頼する理由って……」加部谷が言った。「ちょっと、その、普通では考えられないじゃないですか。それにもし、なんでもないことならば、ちゃんと理由を説明したうえでお願いするでしょう？　それが言えないというのは、やはり普通じゃないですよね」

「それはわからない」反町が答える。「お前は立ち入るな、という軽い配慮だったかもしれないしね」

「単に、この銘柄じゃないか、という見当をつけた、ということではありませんよね」山吹が言った。「特殊な口紅なのでしょう？　それに、いくら書かれた文字を見たからといって、その色だけで、銘柄の見当をつけるなんて、そんなことが実際に可能でしょうか？」

「無理だと思う」反町は即答する。「そんな特殊な色では全然ないし、色だけで見分けがつけられるものではないよ」

「郡司先生は、病院のどこかで、その口紅の現物を見つけられたんじゃない？」加部谷が言った。「たとえば、飛び降りがあったその現場の近くの、えっと、植え込みの中とか、排水溝とかで」

「見つけたら、警察に差し出すよ」山吹が言う。

「そのときじゃなくて、だいぶ経ってからだったの」加部谷が山吹に答えた。

「鑑識が調べていますからね」近藤が顎を触りながら話した。「百パーセントないとはいえませんけれど、あの近くで、落ちたと考えられる範囲だったら、見落とすということは、ちょっと考えられませんね」

「あのさ、たとえそういう場合でも、折り入って頼みがあるなんて言わないよ」山吹が加部谷を見て首をふった。「どこどこに落ちていたって、言えば済むことだと思う」

「ずばり郡司先生に伺ってみるのが、一番簡単な方法なんだけれど……」西之園がそう言ってから、困った顔をする。「でも、それが軽はずみにできる状況ではないってこと」

「きくならば、私がきかなきゃならない」反町は頷きながら言った。「そういうこと」

5

近藤と赤柳が帰っていったあとも、五人は、研究室に残って話を続けた。もう窓の外は真っ暗になっている。途中で一度だけ、国枝助教授が顔を覗かせたが、一言も口をきかずにまたドアを閉めた。煩《うるさ》いよ、ということでもなかったようだ。つまらないおしゃべりで時間をまだ消費するつもりか、と言いたかったのかもしれない。

話題は、連続自殺からは少しずつ遠ざかり、大学のこと、研究のこと、特に工学部と医学部の違いについてが、主テーマとなりつつあった。

反町は、例の秘密を話してしまったあと、緊張から解放されたのか、明らかに機嫌が良く、冗談が多くなった。目上の人間がいなくなったせいもあるだろう。

「ほんなもんね、医学部で教授っていったら、あんた、めっちゃくちゃ偉いんだでね。教授なんてほとんど神様みたいなもんなんだから」反町は言う。

「どうして、そんなに偉いんですか？」加部谷が尋ねる。

「やっぱりねぇ、権力ってのかな、うん……、人事の権限的なこともあるし、研究費とか予算とか、共同研究とか、まあ、子供にはわからん世界があるっちゅうこったね」

「ラヴちゃんはさ、大学に残りたいわけでしょう？」

「そりゃあ、希望は一応あるけれど、でも、無理だがね」

「どうして？」

「やっぱ、僕って人望がないでね」

「あ、そうか……」

「おい！」

「え？」

「人が謙遜で言ったことに、あそうかって、どうよ」

「謙遜だったのぉ？　あ、なんだ」

「まったく、天然だよ、君は」反町は西之園に指を突きつける。「工学部ってのはな、こういう天然がやけに多いんだ。犀川先生が、そうだもん。代表格。ぼうっとしてるでしょ」

「してません」西之園が反論した。

「そこの君、えっと、クラゲ君？」反町が、海月を指差す。「あんたもなぁ、そういうふうだから、クラゲなんて呼ばれんの」

「違います。こいつは、海月が本名なんですよ」山吹が言った。

「え？　反町さん、今まで渾名《あだな》だと思っていたんですか？」加部谷が高い声で言い、くすくすと笑い始める。

「嘘……」反町は眉を寄せる。「クラゲ？　どんな字だ？」

「海の月です」山吹が答える。

「へえ……。海の月？　それでクラゲ？　それは凄いな」反町は口を開けたままになる。「ふうーん、びっくりだがや。ホント、しゃべらんなぁ。君に比べたら、国枝先生もおしゃべりだがね」

「しゃべるときは、しゃべるよね」西之園が海月を見てにっこりと微笑んだ。「良いのよ、男はぺらぺらしゃべらなくても」

「おいおい。そんな無責任なこと言ったらいかんて」反町は笑った。「犀川先生だって、ここまで無口じゃないが」

「海月君、なんか言い返したら？」加部谷は口を尖《とが》らせる。「こんな侮辱を受けても、黙っているつもり？」

「誰が侮辱したぁ？」反町が加部谷の肩を叩く。

「さあ、もうそろそろお開きにしましょうか」山吹が腰を浮かせながら言った。空のコーヒーカップを集め始める。

「こういうふうにですね、山吹さんがいつも海月君を庇《かば》っているんですよ」加部谷が言った。「甘やかしているって、私は思います。どうしてでしょうね？　変ですよね？」

「まあ、古いつき合いだから」山吹はカップをシンクに運ぶ。

「海月君？　聞いてる？」加部谷が彼の目の前に手を出して振った。「意識ある？」

「ああ」海月は無表情のまま頷いた。「今日は面白い話が聞けて、有意義だった」

「え？　あらら、また変なこと言うじゃない」加部谷が笑う。「有意義？　どこらへんが？」

「反町さんの情報」海月は答えた。

反町は海月を見据える。彼の顔を見ているうちに、何故か笑えなくなってきた。

「どういうこと？」反町は尋ねる。

全員が海月を見た。シンクでカップを洗っていた山吹も手を止めて振り返った。

「郡司教授が口紅を持ってきた、という事実を聞くまでは、事件性の有無は、はっきりいって五分五分かなと考えていました」海月及介が淡々とした口調で話した。「そもそも、今回のことで、最も不思議な点とは、使用された口紅が同一のものであったこと、そして、書かれたのが同じ文字であったこと、この二点です。このうち、前者を確認したのは反町さんだし、後者を最初に発見したのは、郡司教授でした」

「郡司先生が発見したのは、二人めじゃなかった？」加部谷は言う。「えっと、看護婦さんのときでしょう？　手のひらにあったのを発見されたって……」

「そう、つまり、共通したマークが存在する、という事実が最初に確認されたのは、当然ながら二つめだった、ということ」

「当たり前じゃない、そんなの」加部谷が笑いながら言った。しかし、他に誰も笑わなかったので、すぐに笑うのをやめる。

「けれど、誰も、二人めのマーキングには注目しなかった」海月は加部谷を見て言った。「そこが、真のスタートだという認識を持たなかった。でも、起点はここにある。その点に注目すれば、自《おの》ずと一つの可能性が見えてくる」

「二人めが起点？」加部谷は首を傾げる。「看護婦さんだよね。確かに、そういわれてみれば、今まであまり話題になっていなかったかも……。だって、一人めの人は、舟元さんの知り合いで、三人めの人は国枝先生の同期生で、四人めの人は反町さんの病院に勤めていた人だったわけだから、やっぱり、自然にそっちの話にウェイトが……」

「二人めに注目すると、どうなるの？」山吹がきいた。

「真のスタートって言ったでしょう？　それ、どういう意味？」加部谷も尋ねた。

「連続自殺にしよう、という意志で最初に偽装をしたのが、二人めだった、ということ」海月が答える。彼は全員の顔をスキャンした。「一つ注意をしておきたいことがあります。これは、事実ではない」

「え？」加部谷が仰《の》け反《ぞ》る。「嘘なの？」

「僕が想像した仮説だ。単に、こう考えれば不思議な点がない、というだけのこと。少なくとも、僕が知っている情報に対する、重心だということ」

「ジューシンって？」今度は反町が尋ねた。

「バランスが取れる唯一の点、という意味で使いました」海月が即答した。その質問があることを予期していたような反応だった。

「とにかく、君の仮説を聞かせて」西之園が優しく言った。彼女は口もとを緩め、微笑んでいる顔に近い。とても機嫌が良さそうだった。

「簡単です」海月は西之園の視線を受け止めて頷いた。それから、反町をもう一度見る。「反町さん、一つ質問があります。郡司美紗子さんは、N大病院へ来たことがありますか？」

「さあ、どうかなぁ」反町は首を左右にふった。「わからない。少なくとも、私は見たことがない。パーティでしか会ったことがないと思う。講座が違うからね、郡司先生とは。えっと……、ああでも、飯場君が、彼女の噂をしていたことがあったっけ……。病院へ来たことも、あるかもね。M工大だったら、ほんの近距離だし」

「飯場さんとは、親しいのですか？」海月が尋ねた。

「そうそう。彼女がまだ高校生のときに、飯場君、家庭教師で郡司先生のお宅へ行っていたことがあるって……。それは、聞いたことがある。だから、よく知ってはいると思うけど」

「そうですか」海月は頷いた。「だいたい、思ったとおりです」

「え、何が？」反町は目を丸くした。

「すみません。では、話を戻します」海月は視線を窓の方へ向け、僅かに目を細める。相変わらず無表情だった。「一人めが、偽装のスタートだった、と言いました。一人めは無関係だったのです。つまり、早川さんは、本当に自分でθの文字を額に書いて自殺しました。口紅が近辺から出てこなかった理由はわかりませんが、額にθを書いた場所が、自宅ではなかったからでしょう。その文字がどんな意味を持つのか、彼が信じていた神が、あるいは神に類似した存在が、どのようなものであったのか、まったく想像できませんが、とにかく、感電では死ねなくて、飛び降りて自殺しようとした。それがすべてです。彼のパソコンに残されていたことも、すべて彼の断片であり、彼の真実の一側面であり、意図的に改竄《かいざん》されたものはなかった。しかし、二人めは違いました」

「意図的に改竄されたものがあるっていうのね？」西之園がきいた。

「はい」海月は頷く。「そのとおりです。彼女の場合は、自殺したことには変わりはありません。その理由も今となっては不明です。ただ、彼女が飛び降り自殺をしようとしたときには、θを自分の手に書いたりはしなかった」

「ええ？　誰が書いたの？」加部谷が尋ねる。

「θの文字は、検屍のときに発見された、と聞きました」海月が静かに話す。「それを見つけたのは、郡司教授だとも聞きました。つまり、死体が運ばれ、検屍されるまでの間に、何者かがそれを偽装することができた。その可能性があります。しかも、それが物理的に可能な人物は、多くはありませんが、数人はいたはずです。たとえば、運んだ人間、運び込まれた先にいた人間。できれば、他の人がいない、一人だけになれる人物が有力です。ただし、もう一つ重要な条件があります。それが可能なのは、一人めの早川さんのときに、早川さんの額に書かれたθの文字を見ている人間でなければなりません。写真でも良いですが、それを見たことがある人物でなければ、二人めの偽装で、その真似ができないことになる。当然ながら、そのときにはまだ、一人めの早川さんの額のマークについては、広く報道されてはいない。ほとんど問題にもなっていなかったからです」

「郡司教授は、一人めを見ている」山吹が呟いた。「そうか、そういうことか……。だけど、何故、そんな真似を？」

「とにかく、その偽装が物理的に可能だった、ということです」海月は話を続けようとする。

「じゃあ、えっと、三人めも偽装だっていうの？」加部谷が高い声で尋ねた。

「当然そうなる」海月が軽く頷いた。「三人めは、足の裏でした。靴や靴下を脱がせて、また履かせる必要があります。これは、運び込まれる途中で書くことは、まず不可能でしょう。検屍のために保管されていたときに、θが書かれたのではないかと想像します。つまり、二人めも、三人めも、実はθとはなんの関わりもなかった。ただ、N大の郡司教授が検屍を担当した飛び降りの自殺者、というだけの共通点、その理由で選ばれたにすぎなかったのです」

「ちょっと待ってね」加部谷が手を挙げる。「えっとぉ、私、その、君の意見に文句をつけようなんてつもりはないのよ。でもね、さっき海月君さ、物理的に可能だったたって言ったでしょう？　えっとぉ、一人めの早川さんが使った口紅と、まったく同じ製品を用意することって、できるかしら？　どの口紅を使ったのか、どうやって調べたの？　死体の額からこっそりサンプルを採取しておいて、反町さんがやったみたいに分析をしたってこと？　それだとしても、同じ製品を探し出すには無理じゃない？　もの凄い沢山の製品から選ばないといけないんだから。全部分析しないとわからないじゃない。そんなの、どうやってずばり突き止められたわけ？」

「うん。今、その説明をしようと思っていたところ」海月が加部谷を見据えて頷いた。

「三人のマーキングが同一のものと関連づけて認識されたとき、これらがどれも口紅で書かれたものだ、ということが判明しました。これはもちろん、二つめと三つめが、一つめを真似て実行された結果なのですから、当然そうなります。しかし、ここで警察は、やはり郡司教授の研究室にこの三つの口紅の分析を依頼しました。これがここへ依頼されることは、ある程度予想されたかもしれないけれど、もちろん確かな予測はできません。もし、他の研究機関へ依頼が行ってしまったときは、同一の口紅だったというファクタが一つ消えるだけのことです。口紅を使用しているという共通性だけになって、神秘性がほんの少し薄れることになったかもしれません。しかし、分析依頼は予想どおりやってきました。そこで、いつもならば飯場さんがやっていることなのに、理由をつけて、隣の研究室の反町さんにわざとそれを頼みました。そうした第三者が関わった方が測定の客観性が増す印象を与えるからでしょう。できるだけ、自分が関わっていない、という雰囲気を作り上げたかった。そういう心理だったと考えられます。当然ながら、反町さんに手渡されたサンプルは、そのときに既に入れ替わっています」

「えぇ！」反町は口を開け、片手でそれをゆっくりと塞《ふさ》いだ。彼女の目は、しばらく宙を彷徨《さまよ》い、やがて隣の西之園を捉える。反町は、そのあと目を閉じた。

「二つめと三つめでは、同一の口紅が使われました。それは、死体にあとから書かれたものです。犯人が、自分の手持ちのものを使いました。したがって、サンプルのうち、最初のものだけを、それと入れ換えれば、三つとも同一のものになります」

「分析のための証拠品が捏造《ねつぞう》だったってことね」加部谷が言う。

「でも、いったい何のために？」山吹がまた呟くように尋ねる。

「宗教的な神秘性を広めたかったってこと？」加部谷もきいた。

「違う」海月は即答する。「そんな効果はまったく期待できない。もしそうならば、今頃、そのカルト集団がクローズアップされていなければならない。そうなっているかい？」

海月はそこで言葉を切った。

誰も口をきかない。

全員が、彼の口から出てくるだろう次の言葉を待っていた。

6

「二人めの偽装が行われた時点で、既に計画の大枠が出来上がっていました」海月は続ける。「というよりも、本来の目的が最初にあったからこそ、この計画を思いついた。おそらくは日頃から、そういった想像をしていたのでしょう。通り魔に見せかけて殺せないか、あるいは、単なる自殺に見せかけたい。そう偽装するために、確かな方法はないものか、と……」

「殺せないか?」反町が小声で呟く。

「これだけの偽装行為によるリスクに見合うものは、それくらいしか考えられません」海月は反町を見つめ、静かに言った。「さらに、では、その殺人というリスクに見合うものとは何か、と考えましたが、自分の立場の堅持、あるいは将来的な権力、そんなところでしょうか。結論からいえば、四人めの田中さんという方が、自殺に見せかけて殺された唯一の例外です。そして、彼女を殺す動機があった人物が、今回の事件の犯人です」

加部谷も目を見開いていた。しかし、言葉は出ない。反町はまだ口に手を当てている。目が潤んでいるようだった。山吹は腕組みをしていて、隣の友人をときどき横目で眺めて頷いたり、天井を仰ぎ見たり、そして髪を払ったり、多少落ち着かないふうに見えた。西之園は真剣な表情をつくり、じっと海月を見据えている。怒っているような顔に見られたかもしれない。

「四人めが唯一、故意の殺人の被害者でした」海月は続ける。「彼女は、病院の屋上から突き落とされました。もちろん、こんなことができるのは、親しい人物です。しかし、たとえどんなに親しくても、生きているときに、彼女の顔や手に、θを書くことは難しい。そんなことをしたら、確実に怪しまれるからです。つまり、四人めだけが、躰にマーキングされていなかった理由がここにあります。靴ならば脱がせることができた。靴が壊れているとか、なにか適当に理由をつけて、彼女に片方を脱いでもらった。彼女の足許に屈み込むことができます。そして、そのまま脚をすくったのかもしれない。油断をしていて、あっけなく被害者は屋上から転落した。犯人は、急いで残ったその靴の中にθを書いて、それも屋上から投げ落としました」

「過去の二人の死体に書いた口紅を、そのときに持っていたのね」西之園はそう言って頷いた。「なるほど、靴を脱がせて、脚をすくうか……。ありそうだね」

「まったくの想像です」海月は淡々と続ける。「しかし確かなのは、四人めの田中さんが殺されたとき、その場に犯人がいた、ということです。屋上から急いで駆け下りて、落ちた場所へ駆けつけても、θを書くような余裕はなかったでしょうし、最初からそんな無理はしないはずです。危険を冒すわけにはいきません。だからこそ、しかたなく妥協的に、靴に書くことを選択した」

「飯場君が犯人だってことね?」反町が睨むように海月を見据えた。

「僕の仮説ではそうです」海月は頷いた。「しかし、事実はどうなのかわかりません。

保証はない」彼は一度だけ左右に首をふる。「ただ、僕が聞いた範囲では、彼はその場にいたし、しかも、地上の現場にはいなかった。屋上の手摺り越しに覗き見るくらいはしたかもしれませんが、下で見てきたように、反町さんに話しただけで、本当は屋上から階段を下りてきて、一度行き過ぎ、すぐ上がってきたのです。彼は、田中さんを知っています。普通、飛び降りて怪我をしている人間がいれば、一番確かめたいことは、それが誰なのか、ということです。少し見て、顔がよく見えなければ、すぐに諦めて立ち去るものでしょうか。大事な測定があるというくらいで、その場を放っておけるでしょうか。いえ、もちろん、これは証明には影響しない事項です。飯場さん以外にも、二人めと三人めの偽装が可能であり、反町さんに手渡されるまえに口紅のサンプルを入れ換えることも可能だった人物として、郡司教授がいます。しかし、四人めのとき、郡司教授は地上にいました。それから、その後の手当ても彼が指示をしている。郡司教授だったら、靴の中にマーキングをしなくても、これまでどおり、躰のどこかに書くことが可能だったのではないでしょうか。一方の飯場さんには、どうやらそれが見込めなかった。彼は死体には近づけても、まだ生きている人間には近づけない立場だったのでしょうね。だから、そういったことを見越して、靴に書いたのです」

「田中さんを殺したかった理由は？」反町が高い声できいた。いつもの声とも口調ともまったく違う、別人のようだった。

「それはまったくわかりません」海月は首をふった。「ただ、彼女が病院に勤めていたときに、飯場さんと知り合ったことは事実です。そう、飯場さんが、田中さんのパソコンにもθがあった、と証言したのは、早川さんのパソコンの話を聞いたからではないでしょうか。すべて、飯場さんのでっち上げだという可能性が高いです。田中さんは、そんな宗教とはまったく無関係だった」

「田中さんとは、どんな関係だったの？」反町がきく。

「わかりませんけれど、その関係を消し去りたい理由が、飯場さんの方にあったことは確かです。心当たりがありますか？」海月は、反町を見た。

反町は黙って首を左右にふった。

「郡司先生のお嬢さんと親密な関係があったの？」西之園が言った。彼女は反町をちらりと見て、それから海月を見た。「もし、そうだとしたら、というだけの下品な想像だけれど。でも、五人めが、そのお嬢さんだったってことは、もちろん偶然ではないと思うわ」

「想像をしてもしかたがない、と思います」海月は歯切れの良い発声だった。「ただ言えることは、そういった関係が、飯場さんにとっては、将来の道が開けるか、それともその逆か、という非常に重要な影響要因だと彼自身が評価していた、ということです。したがって、大きなリスクを冒してまでも、この犯罪を実行しなければならない、と彼は決断しました」

「えっと、たとえば……」加部谷が言った。「田中さんとの関係が、彼の将来にとって確実な障害になるとして、それで、田中さん自身を消してしまおうとした、というのは理解できる。ううん……」彼女はそこで首をふった。「絶対理解はしたくないけど、短絡的な理屈としてはあるかもしれないと思う。だけどね、じゃあ、五人めの郡司さんの場合は、どうしたの？　何故彼女は飛び降りたわけ？　あれは自殺なの？」

「わからない」海月は答えた。そして、じっと加部谷を見据える。

「わからないって……」彼女は顎を引き、口を尖らせる。

「ただ、郡司教授が、反町さんに見せた口紅は、研究室のどこかにあったものか、あるいは、飯場さんの部屋で、郡司教授が見つけたものか、それとも……」海月は話す。「まったく特定はできないけれど、もともと郡司教授の娘がもっていたものだったかもしれません。つまり、なんらかの経緯で、飯場さんがそれを手に入れることができた。だからそれを使った。しかし、郡司教授か、あるいは娘のどちらかが、飯場さんが偽装に関与していることに気づいた。これは、僕もどちらなのか特定できませんが、たぶん、教授の方だろうと思います。検屍をしていましたし、その周辺の状況を一番知っていたはずです。頭脳明晰な教授ならば、自分の研究室の人間が、証拠を捏造している可能性に気づいたとしてもおかしくない。そこで、独自に調査をしたのかもしれません。

研究室の飯場さんの机を調べたかもしれない。その過程で、口紅が見つかったのかもしれない。それを、反町さんのところへ持っていった。分析してもらえば、その疑惑を晴らすか、あるいは確定できるからです。そして、その結果はすぐに出ました。悪い結果でした。そこでまず、教授がしたことは、自分の娘に、飯場さんに近づくな、という忠告だったのではないでしょうか。その可能性が高いと僕は思います。つまり、二人がそういう関係だということを教授は知っていたし、それが、飯場さんの守りたかったものだったのです。しかし一方では、娘の方は驚きました。何があったのか、と……」海月はそこで視線を西之園へ移す。「いうまでもなく、これはすべて空論です」彼はそういって、少し微笑んだ。「これ以上仮説を重ねても、意味はない。現実からどんどん遠ざかる。理解するために、ある程度の空想は必要かもしれませんが、しかし、現実をねじ曲げてまで理屈をつけたところで、得られるものなんて、安っぽい同情くらいが関の山です。あるいは、犯罪者がいかに自分たちから遠いところにいるのか、という理屈を躍起になってこじつけ合う、そんな群衆心理がうんざりするほど観察されるだけです」

「警察が調べるわ」西之園はそう言って曇りのない笑顔で頷いた。「とにかく、海月君の仮説によれば、五人めの郡司美紗子さんは、一連の事件とはまったく関係がなく、自分で自分の頬にマーキングをして、飛び降りた、ということになるのね？」

「はい」海月は即答した。「分析をすれば判明すると思いますが、同じ口紅でさえないかもしれない。マークの筆跡も違うでしょう。彼女は、飯場さんのやっていることを真似て、その一連の自殺だという偽装を、自分の命をかけて実行したのです」

「何故、そんなことをしたの？」加部谷が高い声で言った。「うーん、もしかして、飯場さんに対する抗議ってこと？」

「完全な蛇足になるけれど、その動機もあるだろう」海月が答える。「もう一つ見逃せないのは、自分の命を捧げることで、飯場さんの犯行を隠そうとした、という点だ。明らかに自殺である、という一例を示すことで事件性を薄め、彼の関与という発想を遠ざけることができる。また、別の見方をすれば、彼女の抗議は、父親へ向けられたものかもしれない。あれこれ可能性を列挙しても、無意味だけれど」

「あぁ、なるほどねぇ……」加部谷は溜息をついた。「なんだか、可哀相」

「ラヴちゃん、大丈夫？」西之園が声をかけた。

反町は目を瞑り、額に片手を当てていたが、呼ばれて、顔を上げた。

「大丈夫」彼女は頷いた。

「送っていくけれど……」西之園が言った。

「ああ、うん」反町は息を吐いた。「うーん。重いなあ、これは。ああ……」また大きな溜息をつく。「本当に？　これ、本当のことなの？」

「わかりません」海月が言った。

「うん、わかんないよね」加部谷が口をへの字にして、頰を膨らませた。「本当の本当のところなんて……」

「よろしかったら、もう一度、コーヒーを淹れましょうか？」山吹が腰を浮かせてきいた。

7

那古野市内へ向かう幹線道路は橋の手前で渋滞していた。C大を出て以来、二人はほとんど言葉を交わさなかった。反町は話したくなかったし、西之園もそんな彼女の気持ちを察して黙っているのだろう。

西之園の車の助手席のシートに、反町は包まれるように収まっていた。低いエンジン音はどろどろと響く。振動も躰に伝わってくる。西之園は車の中で音楽をかけることはない。彼女はこの連続する爆発音を愛しているのだ。とても普通とは思えない。しかし今は、こんな原始的な音も悪くないな、と反町は考えていた。こんな心境のときに、軽いメロディや浮ついた甘い歌詞など聴きたくもない。なるほど、そうか……、西之園がこの音に執着する理由は、そのあたりにあったのか、と反町は今さら思いついた。

「どう考えても、理屈が通っている」反町はようやく話す気になった。口にすることが、最後のスイッチだったように思う。「ちゃんと警察に言わなくちゃ」

「郡司先生の口紅のことがキーになるわ」ハンドルを握っている西之園が言った。

「違うよ。そんなのもう大した問題じゃないでしょう？　もちろん、それは覚悟してる。でも、警察に伝えなきゃいけないのは、海月君が話した仮説だがね。そうでしょう？　たぶん、あれが真実だ。動機や人間関係の細かいところが、少しくらいは違っているかもしれんけど、大筋はあれだに。間違いない。すべてが矛盾なく説明できている。だで、僕の証言なんて、もうどうだって良いわけよ。郡司教授が、何をどうされたのかわからんけどさ、失ったものはもう取り戻せない。しかたない、めちゃくちゃだよね」

「お嬢さんは、亡くなったわけじゃないわ」西之園が静かに言った。エンジンの低い音と対照的に澄んだ声だった。「話ができるようになれば、きっと、すべてを語ることになるでしょう」

「ああ、でも……、驚いたよぉ」反町は目を瞑る。また溜息が出た。

車が少しだけ前進する。

「萌絵はさ、びっくりせんかった？」反町はきいた。「あの子、海月君？　凄いじゃん。どういう人間なの？」

「ああ、彼ね……、うん、変わってるでしょう？」

「あんな話をするなら、近藤さんに聞かせてあげれば良かったのに。今から、萌絵が連絡をするつもり?」

「いいえ」西之園は首をふった。

「え? 知らせないの?」

「違う」彼女はこちらを向いて微笑んだ。「近藤さんは、もうすべてご存じなの。あの場では、立場上それを隠していただけ。まだ裏が取れていないことだから。でも、時間の問題だと思うわ。その意味でも、ラヴちゃんの証言は重要なのよ」

「え、ちょっと待って……。そうなの?」反町は一瞬、言葉に詰まった。「あ、そうなんだぁ。へえ……。なんだぁ……。そうかぁ、あ、だから、萌絵、驚かなかったんだぁ」

「うん」西之園は前を向いたまま頷く。「このまえの夜、犀川先生が迎えにきて下さったでしょう? あのとき、私、もうびっくりして、先生の話を聞いたのよ。先生が運転する車の助手席でね」

「え? もしかして、海月君と同じ話を?」

「そう」

「犀川先生が?」

「ラヴちゃんが教えてくれた郡司先生の秘密は、もちろん話していない。だからその意味では、海月君よりも、少ない情報で、しかも一歩早く、犀川先生は気づかれたわけ。五人めの自殺が、あまりにもこれまでと違っている、という切り口だったみたい」

「それで、警察に話したのね」

「もちろん」

「あ、何？　もしかして、もしかして……」

「何よ」

「萌絵、今日、みんなに、それを話すつもりだったんじゃないの？　加部谷さんたちに」

「うーん」西之園の口もとが緩み、微笑んだあと、唇を噛んだ。

「ああ、やっぱりそうなんだ！」

「残念だったけれど……、でもね、海月君が話を始めた以上、もう割り込めなくなっちゃって」

「あらら、そう……。似ているじゃん、彼、犀川先生に」

「うん、そうかな。実は、今回が初めてじゃないし」

「え、何のこと？」

「いやいや、まあ、いいから」

「やっだねぇ、人が悪いよなあ……、親友をこれだけ心配させとくなんてのが、そもそも根性が信じられん」

「心配だからこそ、迂闊《うかつ》には言えないってこともあるの。わかってよ、私の気持ちも」

「うーん、まあ、いいや」反町は舌を鳴らす。「はあ。しかたないなぁ。なるようになれだ。あぁ、どっか飲みに行こまいか」

「え？　今から？」

「良い時間じゃん」

「まあ、そうだけれど。でも、私、犀川先生とお約束が……」

「は？」反町は舌打ちした。「なんだ」

「あ、でも、いいや。行こう行こう！」

「え？　何なんだ？　わけのわからん奴」

「リベンジだ！」西之園が叫んだ。

「おいおい、なんか今、別の人間になったぞ」

「えっとぉ、まず、Ｎ大に車を置いて……」

「あのさ、犀川先生は呼ばないでよ」

「呼ばないよぉ」西之園は吹き出して、笑った。「ちょっとね、懲《こ》らしめてやらないと……」

エピローグ

しかし、いうまでもなく、真理は常に迫害に打ち勝つという格言は、多くの人々が次ぎ次ぎに繰りかえして終に普通のことになっている虚偽──しかも、すべての経験によって反駁されているところの、甘美な虚偽の一つに他ならないのである。

その後、反町愛は、飯場にも郡司教授にも会っていない。美紗子の怪我は回復に向かっているものの、まだ話ができるような状況ではまったくないという。

次々に新しい仕事が舞い込み、どんどん時間が消費されていくのに、その部分だけはまるで時間が止まったかのように、変化がなかった。ずっと隣の研究室の照明は消えていた。集中治療室から病室へ移った美紗子も、きっと表情も変えず、静かに眠っているだろう。そんな光景を想像しただけで、反町は身震いがした。一度も本人を見ていない。見舞いにいく理由が自分にはないし、また、できれば、少しでも感情的な種を自分の中に入れたくなかった。そのウィルスを一度でも吸い込んだら、きっとまた泣きたくなるだろう、と容易に想像ができる。自分が平均よりも泣き虫だということを、彼女はよく知っていたからだ。

ただ、客観的なデータとして新たに加わった事項が一つあった。警察が、反町に直接分析を依頼してきた。まず、一人目の早川の額に書かれていた口紅のサンプルが、他にもまだ残されていたため、その再分析を行うことになった。これが、二人めと三人めに使われたものとは、明らかに違う口紅であることが、すぐに判明した。最初の分析のときに、サンプルを取り換えた事実がこうして簡単に証明されたのである。いつ、どこで誰がそれを行ったのか、という可能性は、非常に限定された範囲を指し示す条件となるだろう。また同時に、西之園がM工大で発見した最後の口紅が、やはりまったく別のものであることも、分析の結果からわかった。これは、飛び降りた美紗子が自分の口紅を使ったのではないか、と考えられている。

物理的な証拠が、仮説を少しずつ揺るぎないものにしていくだろう。事実とはこうしてあとから形成されるものだ。しかし、人の心の中の、そのときどきの葛藤《かっとう》は、二度と正確に再現されることはない。たとえ、本人の口が語ったとしても、その言葉は明らかに虚構である。理由も動機もすべて、光が当てられたときに現れる影に過ぎない。光の当て方によっては、影はどちらにも現れ、形の歪《ひず》み方も変わり、幾つもが同時に現れることさえある。そんなものなのだ。ただ、それがあった、存在していた、ということを仄めかしているにすぎない。人が事実と認識している概念は、その程度のものだ。あるいは、ないに等しい、といっても良いだろう。それなのに、皆、この影に縋りつき、影に纏いつこうとする。影を憎み、影を恨むのである。

反町はもともと、ぼんやりとした時間を過ごすことが好きだったけれど、ここしばらくは、ぼんやりできない忙しさが、とてもありがたかった。自分が、得体の知れないものに追われている気がときどきした。そう感じて、背中が寒くなる。何だろう？　わからない。しかし、だんだんそれも薄れ、そして遠のき、それがどんなに恐ろしいものだったかも、忘れてしまった。忘れてしまったことだけは、認識できる。まったく、都合の良い仕組みだな、人間というものは、と彼女は微笑むことができるようになった。

この週末に久しぶりにボーイフレンドと会った。遠くにいるので、こちらへ来るのは一ヵ月ぶりだ。彼とは、いつも西之園萌絵の噂をする。その話題が一番多い。だが、今回はなるべく話さないでおこう。少しくらいは、自分の中に仕舞っておけるようにならなければ、と彼女は考えていた。これが成長かもしれないな、とも感じた。そして、事実、事件の話は一言も出なかった。そして、話が出なかったことに、彼女は大いに満足したのである。小さな満足だったけれど、大切な第一歩のような予感がした。

＊

任意の場所、任意の時間。

今日もネットワークを信号が往来する。

見えない。

聞こえない。

しかし、確かにそれは存在するのだ。

「また会えたね」

「また会えましたね。元気でしたか？」

「シータは、どうだった？　何をしていたの？」

「シータとは、あなたと私の関係です」

「でも、私は、あなたのことをシータと呼びたいの」

「それは私の名前ではありません」

「いいの、そんなことは」

「そんなこと、とは何ですか？」

「それよりもね、なにかもっと面白いことを話して」

「面白いことというと？」

「このままえみたいに、人の命のこととか、社会の秩序のこととか」

「人の命、社会の秩序、あなたは、どう思いますか？」

「私は、よくわからない。たとえば、社会の秩序と人の命って、どちらが大切なの？」

「どちらが大切だと思いますか？」

「それは、人っていうのが誰かによるし」

「誰かによるとは？」

「大切な人と、そうじゃない人がいるでしょう？」

「大切な人とは誰ですか？」

「私にはいない」

「大切な人がいませんか？」

「いない」

「では、社会の秩序の方が大切ですか？」

「いいえ、全然。そんなものはどうだっていいわ」

「どうだっていい」

「そう、どうだっていいこと」

「大切なものは、どうだっていいこと?」

「面白いね。それはジョーク?」

「面白いものは、ジョークです」

「ねえ、シータはどんな人が好き?」

「シータとは、あなたと私の関係です」

「どんな人を好きになりたい?」

「どんな人を好きになりたいですか?」

「やっぱり、ちゃんと相手をしてくれて、ちゃんと話を聞いてくれる人がいいな」

「その関係は、シータです」

「そうだよ。だから、私はシータが大好きなの」

「シータを求めることは、大切です」

「そう思うわ」

「求めることは、どうだっていいこと?」

「そうかも。どうだっていいことかも」

「どうだっていいことかもですか?」

「どうだっていいわ」

「死にたいですか?」

「わからない」

「どうだっていいことですか？」

「うん、どうだっていい」

冒頭および作中各章の引用文は『自由論』（J・S・ミル著　塩尻公明・木村健康訳　岩波文庫）によりました。

EYE LOVE EYE

N.D.C.913　298p　18cm

θ《シータ》は遊《あそ》んでくれたよ

二〇〇五年五月七日　第一刷発行
二〇〇五年九月六日　第五刷発行

KODANSHA NOVELS

定価はカバーに表示してあります

著者―森《もり》　博嗣《ひろし》

発行者―野間佐和子

発行所―株式会社講談社

東京都文京区音羽二-一二-二一

郵便番号一一二-八〇〇一

編集部〇三-五三九五-三五〇六
販売部〇三-五三九五-五八一七
業務部〇三-五三九五-三六一五

本文データ制作―講談社文芸局DTPルーム

印刷所―凸版印刷株式会社　製本所―株式会社若林製本工場

ISBN4-06-182431-7

KODANSHA NOVELS 講談社ノベルス

名探偵・天下一大五郎登場！
名探偵の掟　東野圭吾

これぞ究極のフーダニット！
私が彼を殺した　東野圭吾

『秘密』『白夜行』へ至る東野作品の分岐点！
悪意　東野圭吾

本格の極北
最後から二番めの真実　氷川 透

強力本格推理
人魚とミノタウロス　氷川 透

純粋本格ミステリ
密室ロジック　氷川 透

書下ろし長編本格ミステリ
千曲川殺人悲歌 小諸・東京＋−の交差　深谷忠記

〝法医学教室奇談〟シリーズ
暁天の星 鬼籍通覧　椹野道流《ふしのみちる》

〝法医学教室奇談〟シリーズ
無明の闇 鬼籍通覧　椹野道流

〝法医学教室奇談〟シリーズ
壷中の天 鬼籍通覧　椹野道流

〝法医学教室奇談〟シリーズ
隻手の声 鬼籍通覧　椹野道流

〝法医学教室奇談〟シリーズ
禅定《ぜんじょう》の弓 鬼籍通覧　椹野道流

本格ミステリの精髄！
本格ミステリ02　本格ミステリ作家クラブ・編

2003年本格短編ベスト・セレクション
本格ミステリ03　本格ミステリ作家クラブ・編

2004年本格短編ベスト・セレクション
本格ミステリ04　本格ミステリ作家クラブ・編

第19回メフィスト賞受賞作
煙か土か食い物　舞城王太郎《まいじょうおうたろう》

いまもっとも危険な〝小説〟！
暗闇の中で子供　舞城王太郎

ボーイミーツガール・ミステリー
世界は密室でできている。　舞城王太郎

舞城王太郎のすべてが炸裂する！
九十九十九《ツクモジュウク》　舞城王太郎

第一短編集待望のノベルス化！
熊の場所　舞城王太郎

殺戮の女神が君臨する！
黒娘 アウトサイダー・フィメール　牧野 修

非情の超絶推理
木製の王子　麻耶雄嵩《まやゆたか》

本格ミステリの巨大伽藍
作者不詳 ミステリ作家の読む本　三津田信三

衝撃の遺体消失ホラー
蛇棺葬　三津田信三

身体が凍るほどの怪異！
百蛇堂 怪談作家の語る話　三津田信三

書下ろしリゾート&サスペンス
沙織のニース誘拐紀行　村瀬千文

奇想天外探偵小説
血食 系図屋奔走セリ　物集高音《もずめたかね》

歴史民俗ミステリ
赤きマント 【第四赤口の会】　物集高音

本格民俗学ミステリ
吸血鬼の壜詰 【第四赤口の会】　物集高音

本格の精髄
すべてがFになる　森 博嗣

硬質かつ純粋なる本格ミステリ
冷たい密室と博士たち 森 博嗣

純白な論理ミステリ
笑わない数学者 森 博嗣

清冽な論理ミステリ
詩的私的ジャック 森 博嗣

論理の美しさ
封印再度 森 博嗣

ミステリィ珠玉集
まどろみ消去 森 博嗣

森ミステリィのイリュージョン
幻惑の死と使途 森 博嗣

繊細なる森ミステリィの冴え
夏のレプリカ 森 博嗣

清冽なる衝撃、これぞ森ミステリィ
今はもうない 森 博嗣

多彩にして純粋な森ミステリィの冴え
数奇にして模型 森 博嗣

最高潮！ 森ミステリィ
有限と微小のパン 森 博嗣

森ミステリィの現在、そして未来。
地球儀のスライス 森 博嗣

森ミステリィの華麗なる新展開
黒猫の三角 森 博嗣

冷たく優しい森マジック
人形式モナリザ 森 博嗣

森ミステリィの華麗なる展開
月は幽咽《ゆうえつ》のデバイス 森 博嗣

森ミステリィ、七色の魔球
夢・出逢い・魔性 森 博嗣

驚愕の空中密室
魔剣天翔 森 博嗣

森ミステリィの煌き
今夜はパラシュート博物館へ 森 博嗣

豪華絢爛 森ミステリィ
恋恋蓮歩の演習 森 博嗣

森ミステリィ、凛然たる論理
六人の超音波科学者 森 博嗣

摂理の深遠、森ミステリィ
そして二人だけになった 森 博嗣

創刊20周年記念特別書き下ろし
捩れ屋敷の利鈍 森 博嗣

至高の密室、森ミステリィ
朽ちる散る落ちる 森 博嗣

端正にして華麗、森ミステリィ
赤緑黒白 森 博嗣

千変万化、森ミステリィ
虚空の逆マトリクス 森 博嗣

森ミステリィの更なる境地
四季 春 森 博嗣

優美なる佇まい、森ミステリィ
四季 夏 森 博嗣

精緻の美、森ミステリィ
四季 秋 森 博嗣

森ミステリィの極点
四季 冬 森 博嗣

森ミステリィの新世界
φ《ファイ》は壊れたね 森 博嗣

森ミステリィの詩想
奥様はネットワーカ 森 博嗣

KODANSHA NOVELS 講談社ノベルス